Matilda

ROBERTA M. R. TREVISAN

Matilda

e o Mistério da Biblioteca

vitrola
Fic

Direção Editorial
Suzanne Borela

Capa
Rafael Bianchini

Ilustrações
Claudio Toscan

Projeto Gráfico
Manoela Dourado

Preparação
Camilla Brites Caetano

Revisão
Priscila Câmara

Assistente Editorial
Tayná Werlang De Carli

1ª reimpressão — 2024

A ortografia deste livro segue o Acordo Ortográfico da Língua Portuguesa.

Dados Internacionais de Catalogação na Publicação (CIP)
(Câmara Brasileira do Livro, SP, Brasil)

Trevisan, Roberta M. R.
Matilda e o mistério da biblioteca / Roberta M. R. Trevisan ; [ilustrações Claudio Toscan Júnior]. -- Frederico Westphalen, RS : Vitrola Editora, 2024.

ISBN 978-65-6030-014-9

1. Literatura infantojuvenil I. Toscan Júnior, Claudio. II. Título.

24-189126 CDD-028.5

Índices para catálogo sistemático:
1. Literatura infantil 028.5
2. Literatura infantojuvenil 028.5

Tábata Alves da Silva - Bibliotecária - CRB-8/9253

Vitrola Editora e Distribuidora Ltda.
Rua das Camélias, 321 — Aparecida — CEP: 98400-000
Frederico Westphalen — RS
Tel.: (55) 3744-6878 — www.vitrola.com.br

Bernardo e Antonio,

Após a leitura, quando apagamos o abajur e ficamos abraçados, dividindo o travesseiro até pegar no sono, tenho cochilos de inspiração, que costumo transformar em texto. Obrigada por tanto, vocês estão em cada linha.

"A criança não despreza florestas reais porque leu sobre florestas encantadas: a leitura faz todas as florestas reais um pouco encantadas."

C. S. Lewis

Sobre a escrita da série

Matilda

Matilda e o Clube de Leitura, o primeiro livro que escrevi, foi minha resposta a uma pergunta da vida – contei tudo na nota da autora que deixei lá. *"Eu precisava escrever esse livro"* é uma frase que me ouço repetindo com frequência. O verbo é justo: não era um simples desejo.

Enquanto eu criava aquela história, sonhava que um dia ela se tornasse uma série, mas confesso que, quando o livro ficou pronto, pensei que não seria capaz de escrever outro: eu havia escalado uma montanha e estava dividida entre o êxtase e a exaustão, e só pensava em tomar água e contemplar a vista. O livro ficou bom, a festa de lançamento foi incrível, as pessoas gostaram, eu estava feliz... ponto final.

Mas a vida nunca para de nos chamar, e eu posso provar. Menos de um mês após o lançamento, o mesmo mestre que me ensinou o que significa ser um escritor – o professor Rodrigo Gurgel –, me convidou para fazer uma *live*, e me fez uma pergunta: "Roberta, já começou a escrever o próximo?"

Escrever outro livro agora? Como assim? Preciso descansar! Não, eu não precisava. A vida sempre nos desafia a subir mais um degrau ou outra montanha, é assim mesmo: terminou algo? Ótimo, agora comece outra coisa maior. Fomos feitos para jogar, não para assistir.

A pergunta do professor ficou plantada na minha mente, até que me vi sentada em um café digitando as teclas do meu *laptop*. Eram os últimos dias de abril de 2022, fazia frio, e só me levantei dali com o esboço do primeiro capítulo de *Matilda e o Mistério da Biblioteca* pronto. Sabendo disso, fica fácil entender por que a história que você tem em mãos começa com a protagonista na Padaria Estrela D'Alva, em uma tarde de inverno, comendo *croissant* e tomando chocolate quente com um livro sobre a mesa.

De repente, os planos que tinha quando projetei o livro 1 já eram realidade, e descobri que não poderia mais ficar sem escrever: eu disse ali em cima que *precisava* escrever, não disse?

Matilda e o Mistério da Biblioteca reúne algumas das minhas paixões: livros, refeições deliciosas, mistério, inverno e calor humano, e se passa alguns meses após a primeira aventura. Se você ler esta história com um décimo do entusiasmo que tive ao escrevê-la, ficarei radiante.

Sumário

Surpresa na padaria

Um filete de sol atravessa as nuvens cinzentas e o vidro da janela, iluminando a mesa de Matilda. Ela sorri, sentada na padaria Estrela D'Alva, aquecida pela lareira incandescente e imersa no perfume de *croissant* recém saído do forno, à espera de Bel e Malu.

A padaria situa-se em frente à praça principal de Vale Real. Lá fora, os livros tomam conta da pequena cidade. O Evento Literário Anual começara no dia anterior, trazendo muitos visitantes. Há mais de cem anos, escritores, livreiros e leitores do mundo todo prestigiam a ocasião, e a cidade se enche de tendas e bancas, numa grande feira do livro, instalada pelo período de uma semana.

Na praça, onde ocorre a maior parte dos lançamentos, concentra-se um grande volume de expositores de livros, e os restaurantes montam pequenos *trailers* iluminados para atender os visitantes da feira durante o dia e a noite em mesinhas na calçada. O clima de celebração literária é acompanhado das peculiaridades do frio da época, pois lareiras externas são instaladas na praça e pelegos revestem as cadeiras, transformando-as em poltronas quentinhas e aconchegantes, e o aroma de macarronada, quentão, pizza, chocolate quente e outras delícias se mistura aos livros. Luzes se espalham por postes, janelas, telhados, e contornam troncos de árvores pela rua, lembrando uma grande festa natalina.

Enquanto espera as amigas e analisa seu livro recém comprado na feira – *A Ilha do Tesouro*, de Robert Louis Stevenson –, Matilda toma um chocolate quente e reflete sobre a formação do Clube de Leitura Rabo de Tatu, há alguns meses em atividade. Lembra-se do começo de tudo: o sonho que lhe deu o caminho a seguir, o fim da inimizade com Savana, Boy e Leona, e a consequente sincronia da relação entre eles e os outros amigos: Bel, Malu, Tufo, Romeu, Pinóquio, Maria e seu irmão, Beto.

A ILHA DO
TESOURO

Pensa no quão incrível foi o tempo que se passou logo após ter acordado daquele sonho, a começar pelo livro *A História Sem Fim*, de Michael Ende, com a dedicatória de Bisa Lela, que caiu da pitangueira do jardim de sua casa sem nenhuma explicação, e deu origem ao primeiro encontro do Clube de Leitura. O livro ocupa um lugar especial em seu quarto e foi a pedra fundadora do seu clube – o primeiro Livro Eleito!

Encontrar o livro no mundo "de verdade" fez Matilda entender que havia muita realidade naquele sonho, então ela anotou todos os seus detalhes em um diário, desde os eventos na escola até o Mundo dos Sonhos, e decidiu partir para a investigação. Em suas andanças, constatou que o acesso ao Local Secreto pelos fundos da escola de fato existia, bem como o alçapão da biblioteca. Questionava-se como era possível que tantas coisas reais fossem reveladas enquanto ela dormia.

Não estava sendo fácil manter o Mundo dos Sonhos em segredo. Matilda sentia muita vontade de contar aos amigos que um sonho pode trazer respostas às perguntas que nos fazemos acordados. Ela sempre amou os livros, mas nunca havia imaginado que poderia liderar um clube de leitura... ainda mais com todas aquelas pessoas! E também não fazia ideia do quanto a relação entre elas se modificaria para melhor com aquelas reuniões mensais.

Queria a companhia dos amigos para descobrir se existe, de fato, algo interessante abaixo daquele alçapão. No sonho, as escadas foram parar em uma sala com um baú fantástico, que levou a um túnel escuro e depois à casa de Savana. Aonde as escadas da vida real levariam? Ela não conseguiria esperar muito tempo para mostrar o alçapão aos membros do clube e se aventurar por ali.

Ah, como eu gostaria que Waldo existisse de verdade! Matilda desejava tanto retornar ao Mundo dos Sonhos, comer Devir, admirar cavalos voadores e descobrir o que mais havia lá...

Ela reflete sobre tudo isso enquanto toma seu chocolate quente distraída, mergulhada em pensamentos, passando os olhos pelo vidro embaçado da janela, por onde a fraca luz do sol teima em entrar. Presta atenção às chamas da lareira de pedra, continuamente alimentadas pela garçonete, agradecendo pelo calor do fogo.

Matilda para de devanear quando sente um suave cutucão na cabeça. Por alguns momentos, fica sem entender o que aconteceu, mas logo percebe ter sido atingida por uma bolinha de papel amassado, que imagina ser o bilhete de algum membro do clube.

O papel, aparentemente lançado pela janela entreaberta, após bater em Matilda, cai ao lado do pé de uma senhora sentada em uma mesa próxima à sua. Assim que pousa os olhos sobre ela, Matilda sente um calafrio e seu corpo se enrijece. A mulher tem um lenço preto na cabeça, a expressão bastante carrancuda, o nariz pontudo e a pele e os cabelos muito brancos.

Mesmo receosa, a menina se levanta e vai em direção ao suposto bilhete. Abaixa-se e leva a mão ao papel no exato momento em que a velha senhora coloca a ponta do pé sobre ele com força, e diz, olhando bem dentro dos seus olhos, com uma voz estridente:

– Isso não lhe pertence, mocinha.

Coragem

Matilda engole em seco. Por alguns segundos, ali abaixada, mantendo a mão estendida, pensa no que responder àquela mulher assustadora, que exala um cheiro forte de alho e cujo nariz parece conversar junto com ela, movendo-se para cima e para baixo a cada palavra pronunciada. Seus olhos transmitem frieza e a menina sente o estômago se contrair. O que sai em resposta é isto:

– A senhora deve estar enganada – o coração de Matilda bate como um tambor na garganta –, quer dizer, a senhora ESTÁ enganada. Este papel me pertence, sim. Poderia retirar o pé de cima dele, por favor?

Sua voz é firme, embora ela sinta as pernas tremerem. Olha para a mulher de forma desafiadora, engolindo o medo como se fosse um miolo de pão grande demais.

– Ora, ora... Vejo que o que falam sobre você é verdade, Matilda – ela diz, com a voz cortante. – Você é mesmo corajosa.

Quando ouve seu nome saindo da boca daquela mulher medonha, sente o estômago apertar ainda mais. *Ela sabe quem eu sou?* Matilda contrai os lábios, e, tentando ganhar força, respira fundo e responde:

– Não sei exatamente o que sabe sobre mim, só sei que a senhora ainda não tirou o pé de cima do meu bilhete. Isso, pelo que minha mãe me ensinou, é uma baita falta de educação – ela mostra um sorrisinho debochado enquanto sente as bochechas queimarem.

Nesse momento, a mulher dá uma gargalhada, atraindo a atenção das outras pessoas que desfrutam seu café da tarde. A padaria está lotada graças ao evento literário que ocorre na cidade. Mesmo assim, depois da risada escandalosa, o local fica em absoluto silêncio e todos observam aquela estranha criatura. Ela tira o pé de cima do papel e Matilda o agarra imediatamente. Nesse exato momento, Bel e Malu entram no recinto e se aproximam da amiga, que já está em pé com o papelzinho amassado na mão encostada no peito.

As três se dirigem em silêncio à mesa onde antes Matilda estava e se sentam. A mulher olha para as meninas com um sorriso gelado no canto da boca. Há algo estranho em seus olhos, mas elas não entendem o que é.

Bel, sentada de costas para a estranha, cochicha:

– Quem é aquela senhora, Matilda? O que houve aqui? Que risada horrenda!

Malu nem fala; está tão assustada que mal respira.

Antes de Matilda responder, a mulher se levanta sem pressa, aproximando-se das três amigas. As meninas a observam em silêncio e ela para junto à mesa, encarando-as, parecendo uma garçonete muito brava à espera do pedido. Está tão perto que as meninas tremem e Matilda sente o nariz arder devido ao cheiro do alho.

De repente, um clarão vem da janela e inunda o ambiente, destacando os contornos do rosto pálido da mulher. Ao mesmo tempo, ouve-se o estrondo do trovão:

CABRUMMMM!

As luzes da padaria ficam intermitentes e as três meninas testemunham, sem acreditar, os olhos da velha senhora se transformarem em duas bolas de fogo. Elas gritam quando tudo acontece, mas o som é abafado pelo trovão. Logo as amigas dão as mãos por cima da mesa e percebem que os olhos da mulher já voltaram ao normal.

A luz para de piscar e ela sai. Matilda, Malu e Bel parecem três estátuas de cera: pálidas e imóveis. A estranha criatura dirige-se ao caixa, sempre lançando olhares às meninas. Matilda a encara de volta sentindo desconforto para respirar. Os clientes da padaria observam a cena, e a mulher mantém um sorriso grotesco no rosto.

Ela vai se aproximando da saída e isso deixa os clientes da padaria aliviados. Contudo, quando chega à porta, ela para e grita:

– Até breve, Matilda! Prometo que este não foi nosso último encontro – e pisca um olho.

Mais um trovão ecoa enquanto ela olha para Matilda, mas dessa vez seus olhos permanecem normais. Ela sai e dá outra risada, já na rua. Após alguns segundos, as conversas nas mesas da Estrela D'Alva voltam a ser ouvidas e o clima torna-se leve mais uma vez. Bel murmura em alta velocidade:

– Gente do céu, o que foi aquilo nos olhos dela? Será que ninguém mais viu o que aconteceu aqui dentro?

Matilda acrescenta:

– E aquele cheiro horrível de alho que quase me fez vomitar? Credo!

– Ué, eu não senti cheiro nenhum – responde Bel.

Malu, que está com a mão sobre a boca desde o primeiro clarão, não se move. Matilda faz um pedido inusitado:

– Bel, me belisca.

– Por quê?

– Tenho motivos para querer ter certeza de que não estou sonhando.

– Matilda, eu não vou te beliscar, é lógico que você não está sonhando, todas nós vimos os olhos daquela senhora se transformarem em chamas na nossa frente.

– Por favor, me belisca, Bel – ela repete, bastante séria.

Antes que Bel se negue mais uma vez a atender ao pedido da amiga, Malu sai do estado de torpor e torce um pequeno beliscão na mão de Matilda.

– Aiii! – ela dá um gritinho e esfrega o dorso da mão.

– E então, Matilda? Está convencida agora? – pergunta Malu.

– Sim. Doeu. Estou acordada – ela responde sorrindo, pensando que enfim a amiga teve um ato de coragem. – Obrigada, Malu.

Matilda toma um enorme gole do seu chocolate quente, que a essa altura já está frio, e diz:

– Não faço a menor ideia de quem é essa maluca com jeito de feiticeira, que sabe meu nome e está superempenhada em nos deixar assustadas. Ah, e parece querer muito saber o conteúdo deste bilhete aqui – ela aponta para a bolinha de papel em cima da mesa –, que provavelmente é do Tufo, sugerindo alguma coisa para o concurso de amanhã na Biblioteca Central.

Ela, então, desamassa o papelzinho, respirando afobada. Seu rosto vai perdendo a cor e ela fica séria enquanto lê, aos sussurros, o que está escrito ali:

"Cuidado, membros do Clube de Leitura Rabo de Tatu! Trago um importante conselho: Não apareçam na Biblioteca Central amanhã! Esqueçam o torneio de contos ou irão se arrepender.

Ass.: Um amigo."

– Essa não! E agora? – pergunta Malu, roendo uma unha.

Bel pede o papel a Matilda, que lhe alcança. Ela o analisa com atenção e diz:

– Hum... Texto escrito à mão. Aparentemente letra de adulto. "Amigo"? Rá! Essa é boa! Se fosse amigo mesmo, teria assinado o nome dele aqui. Estamos sendo testadas, meninas. Talvez até observadas. E se o autor do bilhete estiver aqui mesmo, nos espreitando?

A observação de Bel faz com que Matilda e Malu sintam um calafrio e ao mesmo tempo varram o ambiente com os olhos, à procura de alguma pista.

– Por falar nisso, de onde veio esse bilhete, Matilda?

– Ele voou na minha cabeça quando eu estava sentada aqui. Acho que veio da fresta na janela, mas não tenho certeza.

Enquanto diz isso, ela tem uma ideia:

– Quem sabe a sua avó não sabe algo sobre essa senhora esquisita, Malu? Você poderia ir lá falar com ela? Afinal, ela é a dona da padaria... De repente descobrimos alguma coisa.

Malu concorda com a cabeça e sai correndo para a cozinha, em busca da avó.

Matilda sentencia:

– Precisamos reunir o clube ainda hoje.

– Sejamos breves, pois já vai anoitecer – responde Bel, que se levanta, veste o casaco, o cachecol e calça as luvas para encarar o frio da rua.

Malu se aproxima, ofegante:

– Vovó disse nunca ter visto aquela senhora na vida e que todas as funcionárias estão falando nisso. Elas só sabem dizer que ela chegou aqui um pouco depois da Matilda, tomou um chá e foi embora daquele jeito que todo mundo viu. Ou seja, o bilhete e a velha dos olhos fumegantes são um verdadeiro MISTÉRIO!

– Certo, Malu. Bom trabalho! Vamos embora, meninas! Temos muito a fazer – diz Matilda, dirigindo-se à saída.

O clube se reúne às pressas

Meia hora depois, Tufo, Pinóquio, Maria e Romeu caminham acelerados para o encontro do clube na casa de Matilda. Eles haviam recebido um bilhete convocando uma reunião ultrassecreta e imediata; o assunto parecia sério.

O tempo nublado trouxe a noite mais cedo. Quando chegam à porta, os quatro estão quietos e pensativos, sentindo o vento gelar as bochechas e torcendo para entrarem logo em um lugar aquecido.

TOC, TOC, TOC.

– Abre logo, Matilda – sussurra Pinóquio por entre os dentes, todo encolhido. – Que frio!

Quem abre a porta é Bel. Todos entram. Tufo tira a touca de lã e ajeita a franja espevitada enquanto eles passam pela sala de jantar, que tem a lareira acesa e aroma de molho de tomate. Pitaco, o cão da família, veste um pequeno blusão tricotado e dorme aos pés do fogo. Tufo espirra ao passar por ele:

– ATCHIMMMM! – coça o nariz com as costas da mão e diz: – Adoro cachorros, mas nunca pude ter um porque sou alérgico a pelos. Boa noite, Dona Carmela! – ele fala, acenando para a mãe de Matilda.

Pitaco se levanta com a chegada das crianças e abana o rabinho, pulando em suas canelas e recebendo afagos na cabeça peluda.

– Boa noite, crianças! – grita, sorridente, Dona Carmela, enquanto coloca uma enorme travessa no forno – Estou preparando uma lasanha deliciosa. Adorei essa ideia de última hora de vocês ensaiarem aqui em casa para o torneio de contos de amanhã!

Ensaiar para o torneio de contos de amanhã? Então foi isso que a Matilda falou à sua

mãe para justificar nossa presença aqui de última hora... Que esperta!

Maria e Pinóquio concordam:

– É verdade.

– Legal mesmo.

Dona Carmela prossegue:

– Sejam bem-vindos! Elas estão na garagem esperando por vocês. Obrigada por abrir a porta, Bel!

– De nada, Dona Carmela!

Tufo, Romeu, Pinóquio e Maria seguem a amiga, e Pitaco volta para a frente da lareira. As crianças chegam à garagem da casa, onde há uma mesa de refeições com alguns petiscos e um bule com chá quentinho de maçã. Matilda e Malu conversam sentadas à mesa e sorriem ao ver os amigos entrarem pela porta.

– Ah, que bom que chegaram! Fechem a porta, por favor – pede Matilda, levantando-se.

– Qual é a urgência, gente? – pergunta Pinóquio, retirando o cachecol do pescoço. – O que é tão importante a ponto de não poder esperar até amanhã na escola para ser dito?

– Vamos contar tudo, mas precisamos ter cuidado: minha mãe não pode saber de nada – diz Matilda.

– Ei, onde está seu irmão? – quer saber Tufo.

Matilda responde:

– Beto está em uma excursão com a turma da escola e só volta dentro de alguns dias. Papai viajou a trabalho, por isso o nosso carro não está aqui na garagem.

– Por que a reunião não foi no Local Secreto? Por que estamos na sua casa? – Maria pergunta aos cochichos.

Matilda faz um sinal de "espere" com a mão, como quem pede silêncio, abre uma fresta da porta e coloca a cabeça no corredor a fim de ter certeza de que a mãe continua na cozinha. Quando ouve sua voz cantando uma música italiana, fecha a porta, volta para o interior da garagem e diz em voz baixa:

– Acreditamos que até o Local Secreto pode estar comprometido. Não sabemos em quem confiar. Alguém sabe mais sobre nós do que imaginamos – ela respira fundo, olha para Bel e Malu e continua. – Hoje à tarde aconteceu uma coisa bem maluca...

Ela para de repente e olha para os amigos com os olhos bem abertos, buscando coragem.

– Fala logo, Matilda! Quer nos matar de curiosidade? – diz Tufo.

– Nós conhecemos uma BRUXA!

Silêncio.

– Ahahahahahaha! – Pinóquio ri com muita vontade. – Achei que só eu inventava histórias neste grupo. Fala sério, Matilda!

A menina está com as narinas muito abertas e a testa enrugada, inspirando e expirando com força, tentando dominar a indignação diante dos comentários do amigo.

– Não tem graça nenhuma, Pinóquio. Espera só até ouvir o que aconteceu na Estrela D'Alva agora há pouco. Era uma bruxa mesmo: feia, má, nariguda e fedorenta – ela responde.

E então conta sobre a velha senhora assustadora e o pedaço de papel voador. Enquanto descreve os acontecimentos, sente a reação da turma e percebe que precisará relatar a história aos poucos, pois os amigos parecem não estar acreditando no que ela diz, mesmo com o apoio de Bel e de Malu. Decide deixar o detalhe dos olhos de fogo de lado por ora. Lê o bilhete em voz alta e todos ficam agitados.

– Ei, quem está tentando boicotar nossa participação no torneio de contos amanhã? – pergunta Maria, com cara de braba.

As crianças estão ansiosas pela chegada da noite seguinte. Neste ano, a comissão organizadora do evento literário havia criado um diferencial: a programação noturna na recém reformada Biblioteca Central da cidade, que estava desativada há anos – quase em ruínas. O local patrocinaria momentos especiais nas noites da feira, que previam desde o lançamento de livros de autores famosos até concertos da orquestra sinfônica da cidade, além de torneios de declamações de poemas e de contos por autores locais e de fora.

O Clube de Leitura Rabo de Tatu estava inscrito e as crianças estavam superempolgadas. Romeu escrevera uma pequena história de detetive que fez a turma vibrar de emoção, mas como ele era bastante tímido o conto seria lido por Pinóquio, o grande contador de histórias.

– Quem pode ter escrito este bilhete? – indaga Tufo, mas antes de ouvir qualquer resposta ele faz uma nova pergunta: – Mais importante do que isso: o que faz vocês chamarem com tanta certeza de BRUXA a tal senhora esquisita?

Bel, Malu e Matilda se entreolham e entendem que chegou o momento de contar sobre a transformação dos olhos da mulher e, mesmo achando que os amigos não acreditariam, elas acabam por descrever a cena. Quando concluem, Maria, Pinóquio e Tufo, após alguns segundos de silêncio, falam ao mesmo tempo:

– COMOÉQUEÉÉÉÉÉ??? Olhos em chamas? – grita Maria.

– Têm certeza de que estão bem da cabeça, meninas? – pergunta Pinóquio, girando o dedo indicador em círculos ao lado da orelha.

– Será que não foi impressão de vocês, por causa da luz forte do raio nos olhos dela? Não pode ser verdade isso, gente, pensem um pouquinho... – Tufo ajeita o topete freneticamente enquanto fala.

– Ei, vocês estão nos chamando de mentirosas? – questiona Matilda.

Uma balbúrdia se instala e todos falam juntos, até que Romeu se manifesta:

– Pessoal, por favor...

O falatório aumenta e o menino insiste:

– Pessoal, a Dona Carmela vai ouvir tudo!

Silêncio imediato. Todos tapam a boca e olham para o amigo, que continua:

– Tenho certeza de que as meninas não estão mentindo. Não deve ter sido fácil para elas decidirem como fariam para nos contar isso. Pelo visto, coisas misteriosas estão acontecendo na cidade, e, se não nos unirmos para investigar esses fatos, não descobriremos nada.

– Obrigada, Romeu – diz Matilda. – Nós já refletimos muito e chegamos à conclusão de que precisamos de ajuda.

Bel continua o raciocínio da amiga:

– Amanhã temos aula com Dona Petúnia. Se existe bruxaria de verdade nesse mundo, tenho certeza de que ela sabe tudo sobre isso.

Romeu ergue as sobrancelhas e dá um sorrisinho em aprovação.

– Ui! – suspira Tufo. – Dona Petúnia é meio esquisita. Sempre carregando uns livros estranhos... dando aquelas dicas de chás e sopas com poder de cura... e mora sozinha naquela casa isolada no alto de uma colina.

– Eu concordo – diz Malu. – Talvez não seja o caso de falarmos com ela, eu disse isso para as meninas. E se ela for amiga dessa senhora que estava na padaria hoje?

– Gente, a professora Petúnia é legal – intervém Maria. – Só porque ela tem um jeito diferente e usa roupas esquisitas não significa que seja má. Minha avó sempre levou seus animais de estimação para ela ajudar com suas ervas medicinais.

Matilda continua:

– Verdade, a fama de "bruxa" da Dona Petúnia é pura intriga! Ela tem um enorme coração, apesar da aparência... ahmm... diferente. Além disso, é a melhor professora de Português e redação do mundo!

Neste momento, todos concordam: a aula da professora Petúnia é sempre divertida e criativa. Ela costuma indicar ótimos livros aos alunos, e quando percebe que eles estão dispersos diante da explicação de um conteúdo, usa uma tática infalível: pega um livro e lê uma passagem, contando a história de uma forma bastante peculiar – gesticula e altera o tom de voz, instigando a curiosidade de todos. Assim, ela retoma a atenção da turma e vários alunos correm até a biblioteca no fim da aula para levar o livro para casa e terminar a leitura.

Bel sentencia:

– Ela é a única adulta que vai nos escutar sem achar que estamos lelés da cuca.

Ouve-se uma batida à porta, seguida da voz de Dona Carmela chamando as crianças para comerem a lasanha. Eles compreendem que a única ajuda que podem conseguir é mesmo com Dona Petúnia, por isso dão a reunião por encerrada e saem correndo para a perfumada sala de jantar.

Desaparecimentos

Na manhã seguinte, Matilda, Bel e Malu estão na sala de aula, boquiabertas, ouvindo a Diretora Dina apresentar uma professora nova. Ela explica que Dona Petúnia teve de fazer uma viagem às pressas e será substituída por alguns dias:

– ... então, crianças – prossegue a diretora, ajeitando seu delicado chapéu *clochê* –, a senhorita Penélope tem muita experiência com nosso idioma e vai ficar no lugar da Dona Petúnia enquanto for necessário.

– Viagem às pressas? Ah, conta outra! – Malu diz às amigas, com o cenho franzido.

– Tem coisa errada aí – concorda Matilda.

Dona Petúnia é professora da disciplina de Língua Portuguesa e redação na escola Atenas há trinta anos e nunca foi substituída antes. Os colegas não parecem se importar com o que está acontecendo, mas Matilda, Bel e Malu estão intrigadas.

– Vamos nos reunir no recreio e repassar essa informação importantíssima aos demais membros do clube. Não me parece coincidência o desaparecimento de

Dona Petúnia justo agora. Isso está me cheirando mal... – diz Matilda, e quando faz esse comentário lembra-se do desagradável cheiro da bruxa na padaria na tarde anterior, que apenas ela parecia ter sentido.

O sinal toca, elas correm para a cantina, onde encontram Pinóquio, Romeu, Maria e Tufo, e contam sobre o desaparecimento de Dona Petúnia.

As crianças estão na van retornando da escola. O motorista conversa com o auxiliar em voz baixa, e suas palavras chegam até Tufo e Pinóquio, sentados logo atrás:

– Como assim, Seu Teco desapareceu? – pergunta o motorista.

Tufo e Pinóquio arregalam os olhos um para o outro e se concentram no diálogo.

– Sim, foi isso que escutei – responde o auxiliar, bastante sério. – Ele não foi trabalhar hoje de manhã e ninguém sabe onde ele está.

A notícia deixa Pinóquio e Tufo agitados. *Seu Teco sumiu?* Os dois se dirigem ao fundo da van, onde estão Maria, Malu, Bel, Romeu e Matilda, e contam o que ouviram.

– Nossa! Primeiro a Dona Petúnia e agora o Seu Teco! Tem alguma coisa muito sinistra em andamento e nós precisamos descobrir o que é – fala Matilda.

– Mãos à obra! Vamos desvendar esse mistério! – prossegue Tufo, esfregando uma mão na outra.

Confusão no torneio de contos

Pela praça principal da cidade, transformada em vila literária, espalham-se moradores e turistas – crianças, jovens, adultos e idosos –, que curtem o frio da tarde, pulando de banca em banca, seja para adquirir livros ou apenas papear com amigos e livreiros. Saboreiam churros açucarados, pipoca quentinha, chás aromáticos e outras delícias, que tornam o evento ainda mais atrativo.

A noite cai. O torneio de contos terá início em poucos minutos na Biblioteca Central, e tudo está pronto para a competição. Cada participante lerá sua história no palco do belíssimo salão principal do prédio.

Pinóquio se posiciona junto aos outros quatro competidores. A plateia está organizada em fileiras de poltronas, e Romeu, Maria, Tufo, Matilda, Bel e Malu estão sentados na primeira para não perder nenhum detalhe do concurso. Matilda vira-se para os amigos, perguntando:

– Ué, onde estão os outros participantes? Eu sabia de pelo menos mais três pessoas que estariam aqui hoje: a Lineia e a Vivi do 7º ano, e o Bento, do 8º. O que será que aconteceu? – Mas quando verbaliza a pergunta, ela mesma deduz a resposta: – Ah, meu Deus! Eles devem ter sido ameaçados com algum bilhete também!

– Só pode ser isso! – concorda Tufo, dando um soquinho na palma da mão.

Maria suspira:

– Essa história está indo longe demais.

– Há algo de podre na cidade de Vale Real – diz Bel, parafraseando William Shakespeare –, e nós vamos descobrir o que é!

Romeu sorri com a piadinha da amiga.

Logo em seguida, o cerimonialista do evento, Osíris, pede a atenção do público e anuncia o início da primeira atividade daquela noite:

– Boa noite, caríssimos cidadãos de Vale Real, ilustres visitantes e apaixonados por livros de todas as espécies! É um prazer contar com a presença de todos! A programação desta noite está imperdível! Iniciaremos com um fantástico torneio de contos. Lembro a todos que o conto é um gênero literário que apresenta uma história curta. Não vejo a hora de conhecer o trabalho produzido pelas nossas crianças!

Osíris segue falando de forma efusiva, e apresenta os participantes do concurso sem fazer qualquer menção aos ausentes. Ele chama Pinóquio para realizar a leitura e, depois de apresentá-lo, grita:

– Fooooooooooi dada a largada!

O menino limpa a garganta e aproxima a boca do microfone, dizendo:

– Boa noite a todos! Terei a honra de ler o conto de autoria do Romeu, membro do Clube de Leitura Rabo de Tatu, intitulado *O enigma do hotel da esquina 12*.

Contudo, antes que ele diga mais uma palavra, ouve-se um estouro:

BUMMM!

E todas as luzes se apagam.

Os segundos que se seguem ao estrondo são de absoluto silêncio. Logo após, ouve-se o grito de uma mulher vindo do palco:

– AAAAAAHHHHHHHH! SOCORROOOOO!!!

Tem início um alvoroço. As pessoas se levantam em meio à escuridão, falam ao mesmo tempo e se empurram. Ouvem-se taças quebrando e todos correm até a porta principal, que está aberta e deixa entrar a luminosidade artificial da rua.

Nesse mesmo instante, em um beco abandonado, num antigo bar desativado próximo à Biblioteca Central, dois velhos e estranhos conhecidos estão reunidos. Da janela, a mulher olha com um binóculo enquanto comenta:

– Aparentemente tudo está se desenvolvendo conforme o previsto, Teco. A Biblioteca está no escuro.

Ele responde com um aceno de cabeça e um som que lembra um rosnado:

– Sim, Kafta.

Ela arremata com um sorriso malvado:

– É o começo da escuridão.

Na Biblioteca Central, Pinóquio pula do palco ensurdecido pelos berros no ambiente. Romeu, Matilda, Maria, Bel, Malu e Tufo, que estão logo abaixo do palco, esperam o amigo.

– Aqui, Pinóquio! – grita Tufo, que nunca sai de casa sem seu *kit* de detetive, e puxa uma lanterna da mochila.

Eles seguem o fluxo de pessoas em direção à porta principal. Tufo ilumina o caminho e todos conseguem sair em segurança.

– O que está acontecendo? Que grito foi aquele? O que explodiu lá dentro? – indaga Malu, já do lado de fora, tropeçando nas palavras.

Matilda diz:

– Olhem para os lados, pessoal. A dúvida está no rosto de todo mundo!

As crianças estão na rua e observam as pessoas aglomeradas em frente à biblioteca. Todos fazem as mesmas perguntas, tentando entender o que aconteceu, e o som das conversas misturadas deixa o clima bastante confuso.

Nesse momento, Eustáquio, um rabugento servidor da Prefeitura de Vale Real, designado pelo prefeito neste ano para ser o presidente da comissão organizadora do Evento Literário, sai da biblioteca e pede a atenção de todos:

– Pessoal, pessoal! Vamos manter a calma! É melhor todos se dirigirem às suas casas, o evento está suspenso até segunda ordem e...

Entretanto, antes que ele termine a frase, as luzes do interior da biblioteca se acendem uma a uma. Todos ficam em silêncio e olham, pelo lado de fora, o ambiente interno se iluminar aos poucos.

– NINGUÉM ENTRA! – grita Eustáquio, parado na porta principal, com cara de quem viu uma assombração.

Enquanto isso, no bar do beco abandonado...

– ALGO DEU ERRADO! AS LUZES SE ACENDERAM! MALDIÇÃO! – diz Kafta, enfurecida, olhando pela janela do velho bar. – Teco, dê um jeito nisso. Vá!

Seu Teco pega o casaco e sai mancando pela noite fria.

Uma ideia ousada

Em frente à Biblioteca Central, as pessoas continuam confusas. Seu Caetano, proprietário da livraria mais amada da cidade – a *Libro Giallo*, um lugar aconchegante com um grande acervo e uma linda cafeteria – questiona:

– Ei, quem deu aquele grito? Essa pessoa pode estar precisando de ajuda, Eustáquio!

O presidente da comissão não responde, fica cada vez mais pálido e nervoso, e outras perguntas começam a pular no ar como pipocas numa panela quente.

Matilda cochicha com os amigos, que estão em uma rodinha:

– Precisamos entrar lá!

Eles a encaram de olhos arregalados.

– Como assim "entrar lá"? – indaga Maria.

Matilda responde:

– O Eustáquio está agindo de uma forma muito estranha.

Uma mulher pediu socorro lá dentro. Ela pode estar em sérios apuros, precisamos ajudar!

– Matilda, você perdeu o juízo? Como vamos entrar na biblioteca agora? Olha a cara do Eustáquio... ele não vai permitir que ninguém passe por essa porta. Parece um cachorro brabo – pondera Maria.

– Vamos fazer a volta. Se eu estiver bem lembrada, existe uma entrada nos fundos da biblioteca. Eu brincava lá atrás quando era pequena, e a reforma não deve ter alterado tanto assim a estrutura do prédio – diz Matilda.

Os amigos se olham. Eles sabem que é necessário partir para a investigação.

– Gente, a Matilda está certa! Precisamos esclarecer esses acontecimentos bizarros! – fala Bel.

As dúvidas desaparecem quando Romeu quebra seu costumeiro silêncio:

– Depois de ver a expressão de pânico do Eustáquio quando as luzes se ACENDERAM, não vou descansar até saber o que está acontecendo. Ele não quer ninguém lá dentro. Está escondendo alguma coisa importante – o menino respira fundo e completa –, e nós precisamos entrar.

Dessa vez, todos concordam. Bel arremata:

– Já tivemos uma bruxa, um bilhete suspeito, a substituição da professora Petúnia, o sumiço do Seu Teco e uma explosão seguida de um grito medonho no escuro.

E agora que as luzes voltaram o Eustáquio não deixa ninguém entrar na biblioteca, como assim?

– Romeu e Bel disseram tudo! Pessoal, venham comigo! – diz Matilda, caminhando em direção aos fundos do prédio da Biblioteca Central.

Enquanto isso, Eustáquio e alguns seguranças dão avisos a quem permanece em frente à biblioteca:

– Por favor, vão para casa. Faremos uma inspeção no prédio para identificar o problema e entender o que aconteceu hoje. Se tudo estiver em ordem, amanhã à noite retomaremos as atividades literárias. Não se preocupem, temos tudo sob controle. Está muito frio para ficarmos ao ar livre, por favor, vamos todos embora.

As crianças chegam aos fundos da biblioteca. Matilda passa a mão enluvada pela vegetação que recobre as paredes.

– Procurando algo aí, Matilda? – pergunta Malu enquanto um vaporzinho sai de sua boca.

– Rá! Sim, e acabei de encontrar – ela diz, arrancando algumas trepadeiras. – Um trinco! Aqui está a porta de que falei... – ela retira a luva, tenta abrir a maçaneta e completa, desanimada: – mas ela está trancada.

Pinóquio se aproxima:

– Deixa eu tentar abrir. Tufo, no seu *kit* tem um grampo de cabelo?

– Grampo de cabelo? – questiona Maria, antes que Tufo responda.

– Sim, eu li um livro em que um detetive abria portas chaveadas com um grampo – responde Pinóquio.

– Gente, nós não podemos fazer isso! – intervém Malu.

– Malu, e se a mulher do grito estiver precisando de ajuda? Não podemos esperar! – insiste Matilda.

Malu acaba por concordar com a cabeça, soltando um grande suspiro que desenha uma fumacinha no ar gelado. Tufo responde que não há nenhum grampo em seu *kit* e fica admirado com a ideia. Maria, então, puxa um de seu próprio cabelo e o entrega a Pinóquio:

– Vai fundo, Pinóquio! Mas seja rápido; ninguém pode nos ver aqui.

Pinóquio sente calor, mesmo com o frio intenso da noite. Ele tenta de todas as formas destravar a fechadura, mas seus malabarismos não resolvem nada: a porta não se abre.

– Melhor irmos embora – sugere Malu, aos cochichos – Alguém pode chegar!

Nesse exato momento, eles escutam som de passos se aproximando pela calçada.

TOC, TOC, TOC, TOC, TOC.

Bel diz:

– Ah, não! Tem alguém vindo nessa direção! Vamos, Pinóquio, deixa isso para depois! Vamos sair daqui antes que nos vejam!

Mas antes que consigam se afastar da porta, eles são surpreendidos:

– Tarde demais, encrenqueiros!

Quem diz isso é Savana. De trás dela saem Boy e Leona.

Depois do susto

O trio não era esperado naquela noite. Apesar da antiga rusga entre eles e o resto da turma, desde a formação do Clube de Leitura Rabo de Tatu, todos haviam se tornado grandes amigos.

– Ah, que susto! Savana? Leona? Boy? O que fazem aqui? Vocês não estavam naquela viagem? Achávamos que só voltariam amanhã – diz Matilda, agitada.

– Decidimos fazer uma surpresa e assistir ao concurso de contos sem vocês saberem – responde Boy.

O coração de Matilda pulsa como a bateria de uma escola de samba enquanto ele fala, mas ela tenta disfarçar a emoção pelo seu retorno antecipado e faz "cara de paisagem".

Savana continua:

– Verdade. Queríamos ouvir a leitura do conto do Romeu.

Boy dá uma tossidinha debochada e diz:

– Sim, a Savana não perderia a leitura do conto do Romeu por nada neste mundo, hahaha.

Savana, que sempre achou que seu encantamento por Romeu fosse um grande segredo, fica indignada com o comentário de Boy, questionando-se mentalmente como ele percebeu tudo, e lança um olhar de tigre ao amigo, sentindo as bochechas esquentarem. Ela respira fundo e continua:

– É... bem, como eu ia dizendo antes de ser interrompida, chegamos tarde e sentamos na última fileira, mas já estávamos lá dentro quando aconteceu tudo. Alguém tem ideia do que pode ter causado aquela explosão? E aquele grito de filme de terror? Nossa!

Bel responde:

– Vamos descobrir isso agora! Quer dizer, assim que conseguirmos abrir essa porta.

Leona larga seu caderninho, que costuma carregar por onde quer que vá fazendo anotações para usar no Jornal Fiel – de grande circulação na escola Atenas –, e pede licença aos amigos, aproximando-se da porta. Analisa a parede coberta pela trepadeira, passa a mão ao lado da porta e pergunta se alguém tem uma lanterna. Tufo alcança a sua e ela segue à procura de algo. Dá três batidinhas e todos ouvem um som diferente:

BLAM, BLAM, BLAM.

Ela diz:

– Achei!

No local há uma pequena janela, cuja altura é acessível às crianças. Pinóquio e Romeu se aproximam e arrancam as plantas que a recobrem enquanto Leona segura a lanterna. Romeu percebe que a janela não está trancada e puxa o pesado vidro, antes totalmente escondido pela vegetação, e ele emite um rangido alto, que ecoa pela rua silenciosa:

VRRRRRRRR.

Todos olham para os lados assustados, temendo terem sido descobertos.

– Mexeu um pouco – constata Pinóquio.

Tufo e Boy se unem a Pinóquio e Romeu, e os quatro garotos juntos conseguem abrir espaço suficiente para permitir a passagem. Enquanto isso, as meninas se revezam na vigília da calçada da biblioteca, para se certificarem de que ninguém se aproxima. Aparentemente todos os participantes do evento foram embora.

– Pronto. Vamos entrar! – diz Pinóquio, juntando as duas mãos em forma de degrau e se preparando para ajudar os amigos a subirem. – Eu dou um "pezinho", podem pisar aqui. Quem vai primeiro?

– Eu! – responde Matilda, que aceita a ajuda de Pinóquio e pula para dentro do recinto escuro.

“Tropecei em alguma coisa”

Após auxiliar todos os amigos, Pinóquio entra. O local cheira a tinta fresca e parece ainda mais frio do que a rua. Tufo usa a lanterna e é possível ver latas de tinta e diversos materiais empilhados: objetos de decoração, potes de massa corrida, pincéis, pedaços de madeira e porcelanato em caixas.

Matilda diz:

– Este material só pode ser a sobra da reforma realizada na biblioteca, e a sala está servindo como depósito.

– ATCHIM! E tem pó! – reclama Tufo.

Pinóquio balança um dedo apontado para o teto, enquanto, com a outra mão, segura a lanterna iluminando o próprio rosto, e fala com uma voz grave e assustadora:

– Este prédio esteve abandonado por longos anos antes da reforma, e ele é enorme. Com certeza é mal-assombrado... Vou contar uma história que ouvi uma vez e...

– Corta essa, Pinóquio. Agora não, né? – intervém Bel. – Pelo visto estamos bem longe do salão principal. Vamos sair daqui e descobrir como chegar lá...

– ATCHIM! – espirra Tufo.

– ... em silêncio – ela continua, olhando para o amigo. – Mais baixo, por favor, Tufo.

– Tá, vou tentar – ele responde, coçando o nariz.

Eles abrem a porta daquela peça e Bel diz:

– Pelo visto toda a biblioteca está no escuro. Não podemos acender nenhuma luz agora ou seremos descobertos.

– Leona, Savana, Boy, quando vocês saíram da frente do prédio, perceberam se o Eustáquio entrou novamente? As luzes estavam acesas e ele parecia muito preocupado em não deixar ninguém entrar. Será que ele... ui!... está aqui dentro? – pergunta Maria, sentindo um arrepio desagradável.

Savana responde:

– Depois que o Eustáquio deu aquele discursinho esquisito na entrada da biblioteca, não deixando ninguém passar pela porta, ele entrou sozinho, apagou as luzes, saiu e trancou a porta dizendo para as pessoas que ainda estavam ali voltarem para casa. Acho que não tem ninguém aqui. A não ser, talvez... a mulher que gritou – ela conclui, sentindo um calafrio.

– Mesmo assim, acho melhor não acendermos as luzes e falarmos baixo. A lanterna do Tufo vai ter que dar conta – diz Bel.

As crianças saem do depósito e seguem pelo corredor escuro, vislumbrando algumas salas, passam em frente às escadarias que levam ao segundo andar, e finalmente chegam ao glamuroso salão principal, onde fica o palco, no qual estavam Pinóquio e os demais competidores do concurso de contos momentos antes.

A atmosfera é sombria. A iluminação do salão fica por conta do parco brilho da lua, que transpassa as cortinas das janelas. A lanterna de Tufo lança fachos e eles conseguem ver copos quebrados, cadeiras pelo chão e salgadinhos espalhados.

– Que bagunça! – constata Matilda. – O pessoal saiu correndo e deixou tudo pelo caminho. Eu gostaria de saber o que explodiu aqui dentro; não tem nem cheiro de queimado.

Tufo está inquieto:

– Não dá para entender. Pelo som da explosão, parece ter sido algo bem grande... como a luz voltou logo depois, então? Meu tio é eletricista, eu entendo algumas coisas. Se fosse só um disjuntor caído, não teria feito aquela barulheira toda.

Eles estão espalhados pelo salão em busca de pistas. Tentam juntar as peças daquele quebra-cabeças para dar sentido ao que está acontecendo, quando Matilda faz uma sugestão:

– Vamos vasculhar o palco e seus arredores? O grito pareceu ter vindo de lá.

Maria completa:

– Sim! Além disso, a fiação do equipamento de som pode ter dado algum tipo de curto-circuito e deve estar por ali. O Tufo, com seus conhecimentos, pode descobrir alguma coisa.

Tufo sugere:

– Vamos nos dividir! Eu vou examinar o palco com Romeu e Pinóquio e vocês fazem buscas pelo resto do salão. E fiquem atentos a tudo, porque essa mulher pode estar em qualquer lugar.

– Certo – dizem todos.

Tufo vai na frente e examina a fiação próxima ao palco com o auxílio de Pinóquio e Romeu. Os demais seguem as buscas: olham embaixo das mesas e cadeiras, reviram todos os cantos do local e certificam-se, mesmo na penumbra, de que ele está vazio.

– Parece estar tudo em ordem por aqui – diz Tufo, fechando uma caixa de fios.

Boy complementa:

– Por aqui também. O lugar está deserto.

Savana diz:

– Já percorremos todo o salão. Agora só faltam aquelas peças escuras do corredor pelo qual passamos para chegar aqui e... bem, todo o segundo andar do prédio. Vamos fazer isso logo para ter certeza de que não há ninguém nessa biblioteca.

Leona completa:

– Boa ideia! Durante nossas buscas, vamos tentar encontrar a central de iluminação. O curto-circuito que gerou a explosão pode ter iniciado lá.

Nesse momento, eles ouvem a voz de Romeu, vinda dos fundos do palco:

– Pessoal, venham aqui rápido!

Todos se reúnem em torno do amigo, que aponta a lanterna para a parede de madeira no fundo do palco e diz:

– Prestem atenção, façam silêncio.

Ele bate na parede: TUM. Estica o braço e repete o gesto: TUM... dá um passo e estende a mão novamente, mas, na terceira batida, um som diferente é ouvido:

TOC.

Ele repete o gesto:

TOC, TOC, TOC.

– Ei, parece oco – diz Maria.

– Sim, Maria – responde Romeu. – É porque temos aqui uma porta oculta.

– E como isso abre? Não tem trinco em lugar nenhum por aqui! – diz Matilda, tateando.

Romeu empurra a parede com as duas mãos e todos ouvem um *click*. Nesse momento, a porta se abre.

Boy diz, extasiado:

– Uau! UMA PASSAGEM SECRETA!

Matilda está eufórica. Atrás da porta há um corredor estreito e escuro.

– Vamos ver onde isso vai dar! – ela diz.

Eles caminham pelo corredor em fila indiana. Tufo está na frente com a lanterna e, por um tempo, não vê nada, até que o facho de luz mostra outra porta.

– Será que a mulher está aí? – diz Savana em voz baixa.

– Ai, que medo! – suspira Malu.

– Tufo, tenta abrir essa porta, por favor? – pede Pinóquio, no fim da fila.

– Tá bem, lá vai... – ele fala aos sussurros e leva a mão ao trinco, bastante ansioso. Para sua surpresa, consegue abri-lo com facilidade e, assim que o faz, um vento frio invade o corredor.

– É a rua! Essa porta não é só uma passagem secreta. É também uma SAÍDA secreta – diz Tufo.

– Beleza, é a nossa deixa, vamos embora! – sugere Malu.

– Não! Ainda não descobrimos a causa da explosão e não encontramos a mulher. Vamos voltar! – determina Matilda.

Os demais concordam. Eles fazem o caminho de volta cochichando que precisam localizar a origem da explosão.

– Vamos terminar a varredura do prédio, gente – diz Matilda, fechando a porta secreta com um *click*.

Eles estão de volta aos fundos do palco. Dirigem-se empolgados ao centro do salão até que...

BLAMM!

– Ai meu pé! – grita Pinóquio, levantando-se. – Tropecei em alguma coisa!

O menino está parado em um canto do salão, próximo a uma mesa. Tufo vai até ele com a lanterna, aponta para o lugar onde o amigo havia tropeçado e diz:

– Vejam isso!

As crianças olham, curiosas, para uma caixa de som encostada na parede. Pinóquio fala:

– Ei, eu esbarrei em um amplificador de som!

Bel pergunta:

– Por que ele está aí nesse canto, escondido, separado do restante das instalações sonoras?

Pinóquio pede a lanterna e a guia pelas paredes próximas, até avistar uma grande caixa de luz com a tampa aberta, deixando à mostra as chaves de energia, e se aproxima. Os outros vão atrás.

– Ora, ora! Parece que encontramos a central de luz – ele diz.

– Sim, Pinóquio. Olhem ali os disjuntores! – diz Tufo, que já tinha pego a lanterna da mão do amigo e a apontava para o artefato na parede. – Eles estão na posição correta! Se quiséssemos luz na biblioteca agora, bastaria apertar os interruptores. Está tudo funcionando.

Pinóquio olha para a caixa na qual recém tropeçara e diz:

– Essa caixa de som deslocada continua me parecendo estranha... – ele se abaixa e mostra aos amigos: – Está com o botão do volume no máximo e tem um *pendrive* inserido na lateral. Provavelmente são as músicas que tocariam durante o evento, mas por que está aqui neste canto? Não entendo. Vamos ver que som isto faz? – ele pergunta, diminuindo o volume por cautela, e continua: – Vou deixar o volume baixinho.

Diz isso e aperta o *play*. O som deixa todos estarrecidos: é o ruído estrondoso da explosão ouvida mais cedo e que causou o alvoroço no salão da Biblioteca Central.

Matilda diz, ofegante:

– Foi tudo uma FARSA! Meu Deus, nunca existiu explosão nenhuma! Por isso não senti cheiro de queimado! Foi só essa barulheira mecânica enquanto alguém abaixava os disjuntores de luz!

– E o grito? Esse foi real, porque não havia mais energia elétrica para fazer essa caixa de som funcionar naquele momento. Uma mulher gritou de verdade e foi assustador – pondera Savana.

– Ela deve ter fugido pela porta secreta atrás do palco depois de ter gritado – Matilda aponta a porta recém descoberta por Romeu.

Boy faz uma observação e gera calafrios nos amigos:

– Ou ela ainda está aqui dentro...

– Ai, credo! – grita Malu.

Maria reflete:

– Pois é, alguém acendeu as luzes novamente... Uma a uma. Nós vimos isso do lado de fora. E foi depois do grito.

– Verdade – concorda Leona. – Mas essa pessoa pode ter reposicionado os disjuntores, acendido as luzes e escapado pela passagem secreta. Ah, isso é um tremendo mistério! Sugiro que vasculhemos o segundo andar. O que acham?

Enquanto todos falam ao mesmo tempo, Matilda pega a lanterna e faz uma nova busca no palco. Passa o facho de luz para cima, para baixo e para os lados, quando de repente um papel amassado no chão chama sua atenção: ele está em um cantinho, ao lado da porta que dá para a passagem secreta. Ela se abaixa e o pega, desamassando-o rapidamente, e verifica que se trata de um bilhete. Mas antes de conseguir lê-lo, Pinóquio chega esbaforido:

– Ei, Matilda! Vamos subir agora. Empresta a lanterna, por favor?

Sem esperar pela resposta da amiga, o menino pega a lanterna de sua mão e sai caminhando rápido.

– Ei, devolve, Pinóquio! Gente, eu achei outro bilhete!

Todos estão se dirigindo às escadas que levam ao segundo andar e paralisam ao ouvir as palavras de Matilda. E, nesse exato momento, antes de fazerem qualquer pergunta, ouvem um barulho vindo da porta de entrada da biblioteca. Sentem a espinha gelar, param e se olham, segurando a respiração.

– Escondam-se! Agora! Tem alguém entrando! – sussurra Matilda, guardando o papelzinho no bolso, sem saber o que está escrito nele.

Companhias inesperadas

Não há tempo para usar a saída secreta ou chegar às escadas que levam ao andar superior. As crianças se escondem como podem: Malu, Bel e Romeu voam para baixo de uma mesa, confiando que ficarão seguros sob a toalha. Leona se oculta atrás de uma poltrona. Savana, Boy e Matilda vão para baixo de outra mesa. Tufo e Pinóquio entram em um armário, por sorte, vazio.

A porta principal se abre e são ouvidos passos. As crianças ficam em silêncio e ouvem murmúrios, até que identificam com clareza a voz de Eustáquio:

– Vou trancar a porta. Ninguém pode entrar aqui agora.

Matilda sente seu corpo congelar quando escuta uma já conhecida e assustadora voz feminina:

– Por que as luzes voltaram daquele jeito? EU PRECISO DE ESCURIDÃO!

Ela olha para Boy e Savana, com suor escorrendo na testa, e move os lábios num sussurro:

– É a bruxa.

Savana cobre a boca com as duas mãos. Boy segura a mão de Matilda com força e a menina sente o coração bater ainda mais rápido. Eles espiam por baixo da fresta da toalha e enxergam dois pares de pés: um de homem e outro de mulher. Matilda tapa o nariz após sentir o repulsivo cheiro de alho.

Eustáquio responde:

– Não sei, mas irei descobrir, Kafta.

A voz da bruxa continua:

– Encontre AGORA o problema, seu incompetente!

Eustáquio sai pelo salão apontando uma lanterna para todos os cantos e passa a luz a centímetros dos esconderijos das crianças, que suam nervosas em seus lugares. Enquanto caminha de um lado para o outro, ele diz:

– O som da explosão e o apagar de luzes ocorreu em absoluta sincronia. Estava tudo perfeito: todos correram apavorados para fora da biblioteca, que ficou no escuro...

Kafta o interrompe:

– Ninguém vai me impedir de concretizar meus planos. Quem fez as luzes voltarem vai pagar caro. Se for preciso, eu explodo o prédio de verdade! E explodo quem mais estiver no meu caminho.

Ela se vira para Eustáquio e prossegue:

– Eu te dei a chance de fazer as coisas do seu jeito, mas pelo visto você não é capaz de cumprir sua palavra. Você realmente acreditou que afugentaria essas crianças metidas com bilhetinhos assustadores? A maioria delas foi petulante o suficiente para aparecer aqui mesmo depois de terem recebido aqueles papeizinhos tolos. Terei que fazer as coisas do MEU modo.

Eustáquio prossegue, nervoso:

– Isso não será necessário, Kafta, fique calma. Eu subestimei a coragem das crianças. Pensei que nenhuma apareceria e o torneio seria cancelado, mas prometo que nem o evento nem as luzes voltarão amanhã. Ninguém sabe que a explosão foi falsa e será bem fácil inventar uma história qualquer e interditar o prédio. Eu dou um jeito de esconder tudo do prefeito. Foi péssima essa ideia de revitalizar a Biblioteca Central logo agora, trazendo a atenção de todos para cá com as atrações noturnas da feira literária!

Eustáquio diz isso e segue as buscas pelo salão até que encontra o amplificador de som e constata:

– Veja só... alguém mexeu aqui. O volume da caixa de som está baixo.

Pinóquio sente o coração bater na garganta quando ouve essas palavras. Kafta se aproxima, respirando ruidosamente, e Matilda sente seu odor ficar cada vez mais forte, parecendo se intensificar na proporção da sua raiva. A bruxa não contava com obstáculos humanos em seus planos.

– Sua ideia infeliz foi descoberta, Eustáquio. Ah, eu só não acabo com você nesse minuto porque ainda preciso que você enrole o prefeito até amanhã... mas logo estarei forte o suficiente para não precisar da ajuda de mais ninguém. Pense nisso. Agora vamos descer.

Kafta caminha em direção à entrada da biblioteca e Eustáquio a segue a passos rápidos. De repente ela para e diz, apontando para o chão:

– É aqui. Abra-o! – ela ordena.

Eustáquio afasta um enorme e pesado tapete. Em seguida se abaixa, faz força e abre um alçapão que estava oculto. As crianças observam tudo à distância. Ele aponta a lanterna e os dois descem.

Quando os passos de Kafta e Eustáquio não são mais ouvidos, Matilda espia e finalmente sai de baixo da mesa.

– Pessoal, hora de dar no pé! Podem sair, eles sumiram.

Tufo diz:

– Vamos pela saída secreta atrás do palco, rápido!

E todos saem correndo.

Eles chegam à rua queixando-se de frio e fome; o incidente no salão principal ocorreu antes de eles comerem sequer um salgadinho. Matilda diz que precisa abrir o bilhete encontrado, e todos param embaixo do toldo da livraria *Libro Giallo*, em frente à sua encantadora vitrine iluminada. A menina o abre, constata que foi escrito aos garranchos, e lê em voz alta:

"Muito bem, meus caros!"

LIVRARIA LIBRO GIALLO

– Só isso? – pergunta Tufo.

– Peraí, essa frase... Hum... isso me faz pensar na Dona Petúnia entrando na sala de aula – comenta Leona.

Bel, que está ao lado de Matilda, pega o papel e o analisa, dizendo:

– Pois pensou certo, Leona. Apesar de ter sido escrito com velocidade, essa caligrafia é da professora Petúnia, sem a menor dúvida.

Matilda complementa:

– Com certeza. Mesmo com pressa, ela colocou vírgula antes do vocativo e ponto de exclamação ao fim da frase.

Pinóquio concorda:

– Sim, e ela repete essa frase umas quinze vezes por dia.

Matilda consulta o relógio de pulso, e diz, lançando uma nuvenzinha de vapor pela boca:

– Ela quis nos deixar um recado, mas pelo visto não teve tempo de escrever tudo o que desejava. Só vejo uma coisa a fazer, apesar do adiantado da hora...

– O quê? – quer saber Malu.

– Uma visita.

A casa no alto da colina

Eles já caminham há cerca de vinte minutos, afastando-se do centro de Vale Real, quando finalmente avistam o início do bosque. O vento sopra cada vez mais gelado, a noite está clara graças ao luar, e as luzes da cidade vão ficando para trás.

– Nossa, que frio absurdo! – reclama Savana, esfregando as mãos cobertas pelas luvas fofas.

– Que fome! – grita Boy.

– É por aqui, estamos chegando – diz Maria.

– Finalmente! – suspira Leona, encolhida e de cabeça baixa, tentando se aquecer.

Matilda se lembra do Mundo dos Sonhos e pensa que seria maravilhoso se Waldo fosse real e estivesse ali naquele momento, com seus bancos que ficavam macios e quentinhos, garantindo transporte em segurança para onde precisassem ir.

Maria prossegue:

– Quando fiz estágio na biblioteca da escola, no verão

passado, em um dia de chuva forte, Dona Petúnia e eu pegamos uma carona com a senhora Weber, a bibliotecária. Lembro de Dona Petúnia passar o trajeto todo falando do quanto sua casa era sossegada em meio à natureza. Ela disse que deixava farelo de pão nas janelas para os passarinhos comerem e que tinha uma capivara de estimação de nome Jiló.

– Uma capivara de estimação? Hahahaha, que engraçado! – diz Pinóquio.

Eles seguem até que enxergam uma pequena casa no alto de um morro, cujo acesso se dá por uma escada de pedras encravadas na colina. A casa é cercada por árvores frutíferas, pinheiros, ciprestes e eucaliptos – dos quais emana um delicioso perfume.

– Não parece haver ninguém – diz Boy.

– É claro que não tem ninguém, gente. A Diretora Dina disse que a Dona Petúnia está viajando. Vamos embora daqui! Estou com medo! E fome! Já é tarde e meus pés parecem picolés! – reclama Malu.

– Malu, fica calma. Nós concordamos em vir aqui porque tem algo muito estranho acontecendo – fala Matilda. – Dona Petúnia tentou se comunicar conosco por alguma razão. Ela esteve na Biblioteca Central hoje e pode ter as respostas que procuramos: quem é essa bruxa? O que ela e Eustáquio estão tramando? Onde

vai dar aquele alçapão em que eles se enfiaram agora há pouco? Por que eles querem escuridão?

– Além disso, ela pode estar em apuros – complementa Bel. – O bilhete ficou pela metade! Vamos lá.

Eles sobem as escadas de pedra e ouvem os sons da noite na floresta: grilos, rãs e sapos fazem uma verdadeira sinfonia. Seguram-se pelas mãos para se firmarem na íngreme subida de degraus rudimentares. Há apenas uma luzinha acesa na varanda. O vento glacial, mas suave, faz baterem os sininhos de vento ali pendurados. As crianças chegam até a porta da casa, quando ouvem um som muito alto:

UUH, UUH.

– Ai! O que é isso? – grita Malu.

– Calma, gente. É só uma coruja chirriando – diz Matilda.

– Uma coruja fazendo o quê? – pergunta Pinóquio, achando graça.

– Você deveria estudar mais, Pinóquio – responde Matilda. – Chirrio é o som que as corujas emitem.

Boy está atento a Matilda e diz:

– Você é superinteligente, Matilda.

Ela agradece pela escuridão da noite e pelo frio que refresca suas bochechas flamejantes, e responde:

– Obrigada, Boy.

Savana corta o assunto de forma irônica:

– A aula de biologia estava ótima, mas vamos ao que interessa? Nós chegamos – ela aponta a frente da casa com a mão estendida.

A porta possui uma aldrava de ferro. Savana coloca a mão ali e dá três batidas:

TOC. TOC. TOC.

Silêncio.

UUH, UUH.

Matilda, que ainda está se recuperando da emoção de receber um elogio de Boy na frente de toda a turma, respira fundo e retoma sua posição de liderança:

– Com licença, Savana.

Ela encosta a orelha na porta e pede silêncio aos amigos.

– Ei, acho que ouvi um barulho lá dentro – ela cochicha.

Tufo cola a orelha à porta, logo abaixo da amiga, e diz:

– Não escutei nada.

Todos estão murmurando até que um som vem do interior da casa e faz com que se calem:

BLAMMMMM!

Dessa vez não há dúvidas. A casa não está vazia. E algo grande e pesado acaba de cair lá dentro.

As dez crianças estão em frente à porta da casa de Dona Petúnia totalmente paralisadas. Depois do enorme estrondo, nenhum outro ruído é ouvido, além dos já familiares sons da floresta: grilos, sapos, rãs e a coruja.

– Vamos nos mandar daqui! – sussurra mais uma vez Malu, batendo os dentes, sem saber se é de frio ou de medo. Talvez as duas coisas juntas.

Pinóquio pondera:

– E se for um ladrão? Nesse caso, temos que chamar a polícia.

– Pinóquio está certo – diz Matilda. – Não podemos ir embora daqui sem saber o que está acontecendo lá dentro.

– E qual a sua ideia MARAVILHOSA dessa vez, Matilda? – pergunta Savana, com implicância.

– Ei, Savana! Ninguém te obrigou a vir aqui, pode ir embora se quiser e... – começa a responder Matilda, mas é interrompida por Bel:

– Parem, meninas! Temos uma situação bem mais importante para resolver neste momento – ela diz, apontando a porta com um meneio de cabeça e uma expressão bastante séria no rosto.

Matilda e Savana se recompõem.

Maria e Romeu, que haviam se afastado dos demais e feito a volta na casa em busca da origem do barulho, estavam retornando. Maria chama os amigos:

– Pessoal, pelo que conseguimos enxergar, está tudo bem lá dentro. Quer dizer, exceto pelo armário caído na cozinha da Dona Petúnia.

– Do que vocês estão falando? – pergunta Savana.

– Venham conosco. Há uma janela aberta aqui nos fundos em que dá para ver o interior da cozinha. – Enquanto os amigos a seguem, ela continua: – Temos, sim, um "meliante" na casa. Na verdade, acreditamos que seja UMA "meliante". Contudo, não parece ser caso de polícia.

As crianças não entendem nada e seguem Maria e Romeu até que chegam à tal janela, com uma grande fresta aberta. Nela está parada uma capivara, em pé, mastigando alguma coisa.

– Pessoal, ao que tudo indica, esta é a Jiló – fala Maria, com um enorme sorriso. – E algo me diz que ela cometeu um "assalto" na despensa da Dona Petúnia.

Todos caem na risada.

– Que fofura! – diz Leona.

– Olhem como ela é mansinha! – fala Bel, aproximando-se do grande roedor, que fareja sua mão e retorce o focinho, parecendo feliz.

Maria prossegue:

– Dona Petúnia disse que Jiló tem acesso livre à sua casa. E, pelo visto, ela conhece muito bem a despensa. Infelizmente, hoje ela acabou derrubando um armário da cozinha no chão, mas, por sorte, não se feriu. Provavelmente a professora deixa essa fresta aberta para Jiló entrar e sair quando quiser.

Jiló engole o lanche e desce da janela, parando ao lado de Tufo. O menino se abaixa, afaga sua cabeça peluda, e dá três espirros, constatando, assim, que é alérgico também a pelo de capivara.

Matilda diz, observando o animal se afastar em direção ao banhado do bosque:

– Bem, parece que está tudo em ordem, exceto pelo armário de Dona Petúnia. Nem sinal dela por aqui. Se estivesse em casa, teria aparecido depois dessa barulheira. Acho melhor voltarmos amanhã.

Eles se preparam para ir embora, quando ouvem uma voz familiar, vinda de trás de uma das árvores próximas:

– Muito bem, meus caros, muito bem!

Dona Petúnia aparece parada sob a luz do luar e Jiló está ao seu lado.

Primeiras revelações

Depois de se recuperarem da surpresa, as crianças sentem um enorme alívio:

– Dona Petúnia! Por onde a senhora andou? – perguntam todos.

– Calma, calma. Já vou explicar. Mas não aqui fora, neste frio. Venham, vamos entrar e conversar tomando um chá quente.

Ela abre a casa e acende as luminárias enquanto as crianças entram. A atmosfera aconchegante parece convidar ao descanso, a uma reunião de amigos ou – como pensa Matilda – a uma bela contação de histórias. A sala é decorada com móveis de madeira, um enorme sofá e poltronas fofas, além de um tapete felpudo em frente à lareira e muitas prateleiras de livros. No ar há um cheiro suave de alecrim.

– Sentem-se. Vou preparar o chazinho e um lanche. Sei que já está tarde, mas a visita de vocês significa que

EGITO

encontraram meu bilhete e isso é fantástico! Temos muito a conversar – diz Dona Petúnia, enquanto acende o fogo da lareira. Logo se dirige à cozinha, com Jiló aos seus pés. Quando chega lá, grita:

– Misericórdia, Jiló! Mas que bagunça você fez!

Todos entendem que ela encontrou o armário caído, levantam-se e vão ajudar a professora. Quando retornam, acomodam-se em frente ao fogo e em seguida Dona Petúnia volta da cozinha tagarelando como de costume, com uma enorme bandeja na mão contendo um bule fumegante e perfumado, além de várias xícaras e biscoitos.

– Esses biscoitos quentes são recheados com *fudge*. Mandem ver!

Eles saboreiam os petiscos, dizendo "que delícia", "hum, bem quentinho". O calor do alimento os deixa mais serenos, mas por pouco tempo, pois Matilda começa a disparar perguntas:

– Dona Petúnia, por que a senhora foi substituída na escola? O que houve com as luzes da biblioteca agora há pouco? Quem é aquela bruxa fedorenta?

– Bem, vamos aos fatos – diz a velha professora, após tomar um enorme gole de chá. – Estamos passando por um período peculiar aqui em Vale Real, e eu não estou falando sobre o Evento Literário...

– Como assim? – interrompe Savana. – O que mais está acontecendo na cidade?

– Vamos devagar... Posso dizer que algumas pessoas... hãm... ou melhor, algumas CRIATURAS vindas de outro lugar estão perambulando por aqui e, por ora, é importante saberem que essa mulher a quem Matilda chamou corretamente de BRUXA se chama Kafta e tem um plano sinistro. E a primeira parte desse plano envolve acabar com as luzes da nossa cidade.

As crianças estão no mais absoluto silêncio. O único som no ambiente, além da voz de Petúnia, é o crepitar do fogo. Jiló dorme aos pés de Matilda.

– Acabar com as luzes? Por quê? – indaga Malu.

Dona Petúnia prossegue:

– Kafta é uma bruxa poderosa e está aqui porque conseguiu passar por um portal... um portal mágico.

Ao ver os olhos arregalados e interrogativos das crianças, ela faz um gesto com a mão, pedindo que esperem, e continua:

– Bem, fiquem calmos, pois tudo vai ser explicado, meus caros. Kafta não pertence ao nosso mundo e veio parar aqui usando esse portal. Quando eu a vi caminhando pelas ruas de Vale Real, não pude acreditar nos meus olhos. Comecei a segui-la, e, com a ajuda de alguns aliados, descobri que ela tem um plano terrível e conseguiu se aproximar de Eustáquio, o funcionário da prefeitura responsável pela organização do Evento Literário Anual. Desde então, estou seguindo o rastro deles, sempre usando disfarces; por isso precisei me ausentar, e é melhor todos acreditarem que estou viajando.

– Caramba!

– Nossa!

– Uau!

As crianças estão incrédulas. A professora prossegue:

– A história é bastante longa; em breve vocês saberão de tudo. Por enquanto, guardem esta informação: precisamos manter a cidade acesa! O Evento Literário trouxe mais luz para Vale Real – em todos os sentidos: desde a decoração incandescente nas ruas, postes, casas, árvores e vitrines, até aquela que emana do ser humano quando ele ganha conhecimento –, e isso é um ponto a nosso favor.

– É, a cidade está mais linda e iluminada do que costuma ficar no Natal – diz Maria.

– E o que foi aquilo que aconteceu agora há pouco na Biblioteca Central, Dona Petúnia? – pergunta Pinóquio.

– Eu estava no encalço de Eustáquio durante todo o dia. À noite, fui ao evento... disfarçada.

– A senhora estava lá o tempo todo? – pergunta Bel.

– Sim, eu me mantive escondida perto do palco e usava uma peruca. Como já disse, não queria que Kafta – nem ninguém – percebesse minha presença e, enquanto todos acompanhavam o início do torneio de contos, eu estava atenta a Eustáquio e vi quando ele abaixou os disjuntores ao mesmo tempo em que ouvimos o som da explosão. Quando tudo ficou escuro, tratei de dar aquele grito escandaloso: minha intenção era gerar confusão para me aproximar da caixa de luz... e eu consegui! Quando as pessoas esvaziaram o salão naquela correria, fui até a caixa, reposicionei os disjuntores e a luz retornou.

– E o bilhete? – pergunta Savana.

– Ah, sim. Comecei a escrever na esperança de entregá-lo a vocês na saída, para explicar que era eu quem estava ali, e que precisávamos nos reunir com urgência, mas precisei escapar correndo pela passagem secreta atrás do palco antes de conseguir concluí-lo. Um dos seguranças passou pertinho de mim e deixei cair o bilhete quando saí com pressa. Pensei que encontraria o clube Rabo de Tatu do lado de fora, mas quando fui até a frente da biblioteca, onde Eustáquio mandava as pessoas embora, não os encontrei mais...

– Já tínhamos saído dali e estávamos ocupados pulando a janela dos fundos – diz Tufo rindo.

Matilda interrompe:

– Onde exatamente fica esse portal?

– No subsolo da Biblioteca Central, abaixo do salão de eventos – responde Dona Petúnia.

– No subsolo? Então foi por isso que eles desceram por aquele alçapão! – grita Boy.

– "Eles"? – pergunta Dona Petúnia com a testa franzida.

– Sim, a Kafta e o Eustáquio abriram um alçapão, escondido embaixo de um tapete próximo à porta de entrada, e desapareceram lá dentro – responde Leona.

– Eustáquio desceu com ela? Meu Deus, ele está mais envolvido nisso do que eu imaginava – comenta Dona Petúnia com uma sobrancelha arqueada. Após alguns segundos em silêncio, ela conclui: – Está frio e tarde. Vocês precisam descansar, meus caros. Amanhã eu os procurarei, fiquem tranquilos.

Matilda pergunta:

– Professora, desculpa a curiosidade, mas... o que a senhora estava fazendo no bosque agora há pouco?

Dona Petúnia diz:

– Nada te escapa, não é mesmo, Matilda? Vou respondê-la com outra pergunta: lembra quando eu disse que tinha aliados? Pois bem, eu estava com um deles. Mas por hoje chega de novas informações. Vão descansar e confiem em mim. Boa noite!

As crianças se despedem da professora, sentindo o vento gelado ao saírem da casa.

– Só quero um banho quente, meu pijama e minha cama macia – fala Leona enquanto caminha, guardando o caderninho-rascunho do Jornal Fiel e a caneta, porque seus dedos estão gelados demais para escrever qualquer coisa.

Eles seguem caminhando e falam sobre os últimos acontecimentos, mas, antes de chegar aos degraus para descer o morro, uma árvore muito peculiar atrai o olhar de Matilda, que se afasta do grupo para vê-la mais de perto. Ela segura um grito quando reconhece os frutos. *Devir?! Não pode ser!* Rapidamente olha para a porta da casa de Dona Petúnia, com esperança de ver a professora, mas ela já está fechada.

Logo ouve a voz de Savana:

– Ei, Matilda, o que você está fazendo aí? Vamos descer o morro!

Matilda arranca um belo fruto lilás em formato de pera e o joga na mochila enquanto grita em resposta:

– Estou indo!

E sai correndo até encontrar os amigos.

Um abraço quente e um passeio gelado

Matilda chega em casa e corre para o quarto. Tira a fruta da mochila, mal contendo a ansiedade, dá uma enorme mordida e sente o delicioso gosto do nhoque à bolonhesa preparado por sua avó.

Então isso é real? Existe Devir! E a Dona Petúnia cultiva uma árvore dele em casa!

Enquanto pensa sobre tudo o que acabou de descobrir, degustando a refeição inesperada sentada em sua cama, fala baixinho, num suspiro consigo mesma:

– Como eu queria encontrar a bisa...

Assim que termina de falar, uma pedrinha bate no vidro da janela. Matilda se aproxima, abre a cortina e olha para o jardim. Prende o fôlego quando vê lá embaixo, sob a luz do poste, uma simpática senhora magrinha que lhe sorri por baixo dos óculos. Ela está toda agasalhada e usa touca, mas Matilda a reconhece na hora e sai do quarto, descendo as escadas na ponta dos pés para não acordar a mãe ou Pitaco. *Bisa Lela está no meu quintal!*

A menina abre a porta da casa e dá de cara com Bisa Lela.

– Boa noite, Matilda. Já estava na hora de nos vermos, não acha?

Ela faz que sim com a cabeça e dá um sorriso enorme. Não consegue escolher uma palavra para dizer. A bisa olha para o Devir mordido e diz:

– Vejo que está se alimentando bem – pisca um olho e prossegue: – Você tem um casaco bem quentinho, não é, minha querida? Vai precisar dele agora. Sei que está tarde, mas gostaria de te levar para um passeio.

Matilda engole o Devir enquanto veste o casaco, pega as luvas e sai colocando a touca de lã. Fecha a porta da casa e para em frente à bisa, encarando-a, ainda sem acreditar no que vê. Bisa Lela pergunta:

– Posso ganhar um abraço?

Matilda salta para os braços da bisa em um abraço apertado, dizendo:

– Obrigada por ter aparecido. Estamos precisando da senhora!

Matilda e Bisa Lela cruzam o jardim e, quando passam pela pitangueira, um floco de neve cai no rosto da menina, que vibra:

– Uau! Há muito tempo eu não vejo neve de verdade!

– Sim, o inverno está mais rigoroso este ano – diz a bisa, apertando o passo.

– Para onde estamos indo, Bisa? A senhora tem guarda-chuva? Eu não peguei capa de chuva! Ou seria capa de neve? Hahahaha, meu Deus, como está frio, ainda bem que coloquei minha touca...

As palavras saem pulando da boca de Matilda, formando uma fumacinha no ar gelado. Depois de ter ficado muda ao ver Bisa Lela, a menina está eufórica:

– Ah, eu quero contar tudo o que aconteceu!

As duas caminham pela calçada, que começa a juntar montinhos de neve. A rua está deserta. Matilda parece ter engolido uma vitrola, falando sem parar:

– ... além disso, eu conheci uma bruxa de verdade, com olhos que se transformam em chamas! E agora há pouco ela apareceu na Biblioteca Central, com aquele funcionário da prefeitura, o chato do Eustáquio, querendo dar um fim no evento literário e na luz do prédio. Ela se chama Kafta.

Quando escuta este nome, a bisa para de caminhar e diz, olhando Matilda nos olhos:

– Querida, estou adorando ouvir sua história, mas agora preciso que você fique em silêncio. Não queremos chamar atenção de ninguém.

A menina tapa a boca com uma mão e ergue o dedo polegar da outra, concordando. Bisa Lela aponta:

– Vamos dobrar aqui.

As duas viram a esquina e param em frente à escola. Matilda se surpreende com o tanto que andaram; não havia percebido que já estavam ali. Bisa Lela diz:

– Agora, vejamos... por onde você acha que devemos entrar na escola?

Matilda responde imediatamente:

– Pelos fundos! Vamos pela entrada secreta! É isso?

A bisa sorri e estica o braço, dando passagem à menina e dizendo:

– Depois de você. Sei bem que conhece o caminho. Ah, talvez seja melhor usar isso aqui – ela tira uma lanterna da bolsinha.

Elas passam pela Grande Porta, seguindo pelo Corredor Gelado, e Matilda constata que naquela noite tudo está tão frio quanto ele. Chegam à Pequena Porta, pela qual Bisa Lela consegue passar por ser tão magrinha e pequena.

NHÉÉÉÉÉ.

Elas caminham entre as prateleiras de livros e chegam ao Local Secreto.

– Vocês têm se reunido aqui mesmo, não é, minha querida? – indaga a bisa, respirando fundo e admirando o recanto da biblioteca da escola.

– Sim, as reuniões do clube de leitura têm sido aqui, no Local Secreto... ahm... exatamente como acontecia no meu sonho.

Bisa Lela acende um dos abajures e elas se sentam, uma de frente para a outra, nas poltronas de que Matilda tanto gosta. A menina continua:

– Eu sempre adorei esta parte da biblioteca: a linda "Mesa Anciã", o recanto de poltronas e luminárias. E no sonho apareceram a entrada secreta, o Corredor Gelado, a Pequena Porta... tudo isso existe e é exatamente igual ao que vi enquanto dormia! Nunca imaginei a existência de uma passagem escondida para chegar aqui. Fiquei encantada no dia em que resolvi ir até os fundos da escola e achei a Grande Porta. Fui entrando sem acreditar... até o alçapão existe! – ela o indica com a mão enquanto fala. – Daquela vez, tentei abri-lo de todas as formas, mas não tive força; além disso, não sei se teria coragem de descer sozinha. Nunca falei aos meus amigos sobre como descobri a entrada secreta.

– Mas vocês a têm usado, não?

– Sim, nós sempre entramos pelos fundos. É muito mais divertido assim, e, além do mais, podemos vir para cá mesmo depois que a escola está fechada.

Bisa Lela sorri e Matilda prossegue:

– Pense na confusão que ficou a minha cabeça, bisa. Eu não a conhecia e... bem, a senhora APARECEU NO MEU SONHO. Além disso, um livro saiu diretamente do sonho e DESPENCOU DA ÁRVORE DO JARDIM DA MINHA CASA logo depois de eu acordar. Surreal!

– Com certeza eu posso imaginar como você se sentiu.

Ela continua:

– Às vezes eu tento entender como é possível que sonho e vida real se misturem dessa forma, e, na minha cabeça, as perguntas ficam girando...

Bisa Lela está sorrindo, e seus olhinhos enrugados cintilam por trás dos óculos, à luz do abajur. Matilda prossegue:

– ... outras vezes eu deixo as perguntas de lado e simplesmente me divirto com tudo isso – ela dá de ombros. – Mas desde ontem estou preocupada, e meus amigos também, pois coisas estranhas demais têm acontecido, e a pior delas foi o aparecimento daquela bruxa fedida. Dona Petúnia nos disse que existe um portal mágico em Vale Real, e que algumas criaturas estão transitando por aqui... e isso inclui a Kafta.

Bisa Lela se aproxima de Matilda com o rosto sério e respira fundo, dizendo:

– Bem, vamos lá, Matilda, está na hora de eu lhe contar algumas coisas. Em primeiro lugar, saiba que aquele Mundo dos Sonhos existe de verdade, e nos manda informações todas as noites. Quando dormimos, ficamos receptivos a tudo o que ele nos diz, e suas mensagens aparecem para nós dentro dos sonhos. Porém, muitas vezes esquecemos o que sonhamos... E em relação ao sonho no qual eu apareci: você prestou atenção, se lembrou, e tomou uma decisão importante naquele momento da sua vida: criou o seu clube de leitura, acolheu seus amigos e está construindo algo que te faz cada vez mais alegre e criativa.

A menina concorda com a cabeça. Bisa Lela ajeita os óculos com a pontinha do dedo e prossegue:

– Lá moram as imagens com as quais sonhamos, além daquelas que se formam em nosso imaginário ao criarmos, ouvirmos ou lermos uma história. É a terra que se alimenta da fantasia, e tudo o que a nossa mente produz está lá.

– Lembro que a senhora me disse isso naquele sonho, Bisa, quando explicou esse mundo fantástico. Que incrível!

– Sim, isso mesmo. Agora quero lhe falar sobre o portal que a Petúnia mencionou a vocês: por meio dele, em alguns períodos específicos, a magia do Mundo dos Sonhos chega até nós, inclusive quando estamos acordados.

– Que períodos são esses?

– Esses dois universos podem se comunicar a todo instante quando o portal está aberto e, normalmente, ele fica assim por sete dias, uma vez a cada sete meses.

– Hum... e aí as duas realidades se misturam, é isso? Então a gente deveria ver coisas diferentes, como livros saídos de sonhos despencando de árvores, por exemplo, sempre a cada sete meses? Por que não é assim?

– Porque o portal é protegido por guardiões, que garantem a segurança do Mundo Real. Claro que, muitas vezes, eles liberam pequenas doses de boa magia na vida das pessoas durante esse período, mas nem sempre elas percebem, nem sempre estão atentas. Você estava! – ela sorri com orgulho para a menina, e continua: – Bem, mas o grande cuidado que os guardiões precisam ter é com as ondas de pesadelo. Criaturas malignas podem tentar cruzar o portal nessas ocasiões.

– Quer dizer que se os guardiões se descuidarem, um Monstro Felino, por exemplo, poderia escapar para Vale Real?

– Sim. E isso já ocorreu uma vez.

Matilda está boquiaberta.

– Infelizmente algo parecido aconteceu agora...

– Ah, eu entendi! A BRUXA KAFTA! – grita Matilda.

Bisa Lela assente.

Matilda faz contas com os dedos num murmúrio, até que diz:

– BINGO! Faz sete meses que fundei o Clube Rabo de Tatu! Ahm, Bisa... eu tenho uma curiosidade sobre essa mulher horrível: por que parece que só eu sinto o cheiro de alho dela?

– Como eu já lhe disse, você é muito atenta e sensível, e presta atenção aos sinais. Esse cheiro repelente que ela exala é um aviso do tamanho da sua maldade, mas as pessoas parecem nem perceber. Kafta é uma bruxa velha e poderosa, e tem planos malévolos.

– Que planos são esses?

– Você logo vai saber.

– Como trabalham os guardiões, Bisa Lela?

– Existem dois no Mundo dos Sonhos e dois no Mundo Real.

– Uau! Eles têm poderes especiais?

– Vou te responder com outra pergunta: como você acha que eu sei tudo sobre o seu sonho?

Matilda dá um sorriso iluminado:

– A SENHORA É UMA GUARDIÃ!

– Sim. Petúnia e eu fazemos isso há muitos anos. Petúnia é minha grande parceira, Matilda, e nós somos responsáveis pela guarda do Mundo Real. O problema ocorreu no lado dos sonhos, por isso Kafta passou. Os guardiões do lado de lá, infelizmente, se distraíram.

– Caramba! – diz a menina.

– Bem, em relação à escada que você tem medo de descer sozinha, eu tenho a solução – diz Bisa Lela, levantando-se da poltrona e caminhando até o alçapão. – Vamos descer juntas. Não se preocupe, ele não vai parar na casa da Savana – ela pisca um olho. – Aquela foi a forma que a sua mente encontrou para te levar até mim... e até o que vamos ver agora.

Magia

As duas estão paradas ao lado do alçapão fechado. Bisa Lela diz:

– Nossos sonhos nos deixam mais informações do que podemos imaginar. O seu disse que este alçapão guarda algo especial. Apareceu a casa da Savana, onde fica a minha biblioteca, e você foi levada a mim e ao Mundo dos Sonhos. Na vida real, ele vai te ajudar a compreender esse Mundo... entre outras coisas.

Matilda observa tudo bastante atenta. Bisa Lela continua:

– Bem, agora que você já sabe sobre o portal e a magia, não vai se assustar com isso.

Ela puxa uma varinha da pequena bolsa e a ponta se ilumina.

PLIM!

O coração de Matilda parece bater no corpo todo.

– Uau! Uma varinha MÁGICA! O que ela faz, bisa? – enquanto pergunta isso, a menina se belisca discretamente. Doeu. *Menos mal, estou acordada.*

– Depende de quem estiver com ela. Esta é a MINHA varinha, e ela potencializa aquilo que eu sou capaz de fazer.

– A senhora é uma... ahnnn... uma bruxa do bem?

– Eu sempre preferi o termo FADA, minha querida.

– Nossaaaaa! Uma fada de verdade!

Ela aponta a varinha para o alçapão, que se abre diante dos olhos de Matilda com um estrondo. A menina reconhece na hora o cheiro de mofo que vem dali.

Bisa Lela vai na frente e as duas descem as escadas. A varinha ilumina muitas vezes mais do que uma simples lanterna, e Matilda identifica o lugar, cheio de baús, exatamente como em seu sonho. As paredes têm os mesmos quadros antigos com fotografias de pessoas bem vestidas, usando roupas de uma época passada. Ela pergunta:

– Posso ver o interior dos baús, Bisa?

– Claro, Matilda, fique à vontade. São as roupas que usávamos quando crianças em nossas dramatizações do meu clube de leitura... mas acho que você já sabe disso, não?

Matilda está muito animada e analisa as fantasias puídas, dizendo:

– Que coisa incrível! São as que vi no sonho.

Ela está imersa em suas observações quando Bisa Lela chama atenção:

– Ahá, aqui está!

A menina sai correndo e para ao lado da bisa, perguntando “aqui está o quê?”, quando dá de cara com um baú bastante familiar e grita:

– O baú fantástico, Bisa! Deixa eu procurar o botão! – e se abaixa.

– Sim, é o mesmo baú, mas, como eu já disse, não há passagem secreta aí, querida. Abra-o normalmente.

Matilda obedece, abrindo-o com avidez, e fica triste quando constata que o baú está vazio.

– Bem, eu disse que ele não é exatamente igual ao do seu sonho, mas ele também tem seus segredos... pode colocar o sorriso de volta neste rostinho – diz a Bisa, batendo levemente o dedo na ponta do nariz da menina: – Aperte o fundo.

Matilda coloca a mão dentro do baú e faz uma leve pressão. Ouve um *click* e pergunta:

– Um fundo falso?

– Sim. Vá em frente.

A menina abre o fundo do móvel. Lá dentro há um livro visivelmente antigo. Ela o pega, tira o pó de sua capa de couro e lê o título inscrito em letras ornamentadas: A História Não Contada.

– Pronto. Agora coloque esse livro na mochila e vamos embora, minha querida.

❄

Quando saem pela Grande Porta, elas caminham em silêncio até a frente da escola.

– Brrrrrr, estou congelada! – diz Bisa Lela, esfregando as mãos. – Não vamos mais andar a pé nesse frio. Tenho mais uma surpresa para você.

Ela bate palmas três vezes. Imediatamente um inconfundível som metálico é ouvido. Matilda sente um calor amaciar seu corpo e derrama uma lágrima antes mesmo de enxergar o trem. *Waldo!*

Bisa Lela e Matilda estão sentadas no primeiro vagão de Waldo. A neve cai vigorosamente, o que faz com que o trem se feche com vidros. Elas acompanham com os olhos os flocos quicando no teto transparente. Os assentos estão macios e aquecidos, e a vista da cidade repleta de luzes sob a neve deixa Matilda encantada:

– Vale Real branquinha, luminosa e literária! Isso é lindo demais!

O trem anda sobre os trilhos que se formam antes de ele passar e somem imediatamente após tocarem sua última roda, formando um tapete de luz. Ele sobe até a altura dos postes e desce, brincando, como se fosse uma montanha russa em baixa velocidade. Matilda pergunta:

– E se alguém nos enxergar pela janela, Bisa? E se alguém vir o Waldo passando, andando sobre trilhos luminosos que surgem e logo desaparecem? O que vai acontecer?

– Você não tem nenhum palpite, Matilda?

– Talvez essa pessoa pense que está sonhando.

– É... agora você entendeu tudo – ela diz, passando os braços pelos ombros da menina.

Secreto

Matilda chega à sua casa, toma um banho quente, veste o pijama e pula embaixo das cobertas, onde fica sentada com o livro *A História Não Contada*, que havia retirado da mochila, sobre o cobertor.

Ela o abre e não acredita no que vê: suas páginas amareladas não têm nada escrito.

– Como assim? Não é possível! – Matilda fala sozinha, folheando o livro. – Por que Bisa Lela queria que eu pegasse essa porcaria velha e poeirenta que está EM BRANCO?

Fecha o livro com força, largando-o no chão, aos pés da cama.

PLOFT!

Ele solta uma pequena nuvem de pó e fica ali, atirado, e a menina desliga a luminária.

Quando afunda a cabeça no travesseiro, mesmo de olhos fechados, percebe que seu quarto se ilumina. Ela levanta a cabeça e constata, apavorada:

– Ai, meu Deus! A luz está saindo do livro!

Aberto no chão, o livro emana um facho que percorre um trajeto até o teto do quarto.

– Caramba! – ela se belisca. – Ai! Estou acordada dessa vez.

O livro se fecha e o quarto volta a ficar escuro. Matilda acende o abajur e vai se aproximando devagar até que fica de joelhos e volta a abri-lo. Ele continua em branco, e ela suspira, frustrada. Contudo, após alguns segundos, letras começam a se formar na primeira página:

"Boa noite, sua sem educação! Como ousa me insultar e me atirar no chão? Você deve ser muito curiosa mesmo para estar comigo aberto a essa hora... já está tarde, não?"

Instintivamente, ela olha o relógio-despertador, que marca 1h53.

Que livro maluco é esse?

O parágrafo desaparece e outro se forma. Ela segue a leitura de olhos arregalados:

Agatha
Christie
HERCULE
POIROT
Holmes
SHERLOCK

"Certamente você tem uma boa razão para ter me encontrado e já deve saber que tenho bastante histórias para contar, mas, antes de qualquer coisa, me diga: quem é você?"

Ela se pergunta mentalmente se deve responder em voz alta para um LIVRO, e, enquanto elabora seus pensamentos, ouve a voz de sua mãe, que está parada na porta do quarto, antes fechada e agora aberta:

– Matilda?

– AIIIII! Mãe do céu, que susto!

A menina sente o coração bater como se ele estivesse dentro da cabeça e fecha o livro com força. Todo o seu corpo pulsa. Dona Carmela continua:

– Filha, já são quase duas horas da madrugada. Deixe esse livro para amanhã, pode ser?

Ela concorda, louca de medo de que a mãe resolva abrir o livro mágico. Dona Carmela dá um beijo em sua bochecha e coloca o livro na estante. Matilda suspira aliviada e se pergunta se ela vai fazer algum comentário sobre ele, mas ela apenas diz, antes de sair:

– Não quero mais ver luz acesa, mocinha. Já está muito tarde e amanhã tem aula.

Com receio de abrir o livro e de ele brilhar mais uma vez, a menina desiste. A exaustão toma conta e, sem perceber, ela cai em um sono profundo.

Matilda acorda com o despertador e sente o corpo pesado, pedindo por mais descanso. *Meu sonho estava tão bom!* Abre os olhos e, por alguns instantes, recorda-se de tudo o que aconteceu na noite anterior. Logo vê o livro *A História Não Contada* onde sua mãe o largou horas antes. Isso tira-lhe o sono dos olhos e faz com que desperte imediatamente. Ela se levanta e vai até a porta, gritando para o corredor:

– Bom dia, mamãe!

Dona Carmela responde do andar de baixo:

– Bom dia, filha! Estou fazendo chocolate quente e omelete de queijo e orégano para você.

– Que delícia! Vou me vestir e já desço.

Ela fecha a porta do quarto com a certeza de que não será perturbada pelos próximos minutos. Senta-se na cama e abre o livro no colo. Imediatamente as páginas em branco começam a mostrar palavras se formando letra por letra diante dos seus olhos:

"Ahá, então é Matilda o seu nome?
E eu tive que ouvir isso da sua mãe!
Você não foi capaz de me responder.
Que coisa mais feia!"

Ela fala bem baixinho:

– É... desculpa, "seu livro", é que você me assustou ontem.

Uma nova frase se revela:

"Eu te assustei? Você me chamou de
velho poeirento e me atirou no chão,
se bem me lembro, e EU te assustei?"

– Sim, me assustou quando iluminou meu quarto e logo em seguida começou a escrever como se fosse um fantasma falando comigo. Desculpa se te ofendi, "seu livro", mas eu preciso ser rápida – ela lança o olhar em direção à porta e continua: – Uma fada me mostrou onde você estava e eu preciso da sua ajuda para entender sobre um portal mágico que existe na nossa cidade. Achei que encontraria um mundo de explicações e descrições, então imagine minha decepção quando vi você em branco...

"Hum... essa história está estranha.
De qual fada você está falando?"

– Ué, você não vê e ouve tudo? Eu te tirei de dentro do fundo falso de um baú que fica no alçapão da biblioteca da escola juntamente com a Bisa Lela ontem à noite.

"Lela? Que saudade da Lela! Bem,
acho que podemos conversar, então.
Em primeiro lugar, apesar de ser um
livro absolutamente fantástico,
garboso e refinado, eu NÃO VEJO nada.
Eu SINTO o ambiente constantemente,
mas minha AUDIÇÃO só funciona quando
estou ABERTO. Então eu não ouvi
nada da sua aventura com a Lela
ontem à noite. Eu estava dormindo
profundamente e só acordei aqui nesse
quarto, quando você me abriu com toda
a sua... hum... indelicadeza."

Matilda se desculpa novamente e ele prossegue:

"Tá bem, diga logo...
O que exatamente você precisa saber?"

– Por que seu título é *A História Não Contada*?

"Porque eu não sou um livro escrito, sou um livro-escritor. Não trago minha história contada, sou uma história contante, sou vivo! E só me revelo em ocasiões especiais."

Ela percebe que está se afeiçoando àquele livro temperamental e convencido e responde:

– Estou começando a entender. Eu gostaria de saber o seu nome.

O livro fica quentinho no colo de Matilda e responde:

"Pode me chamar de SECRETO."

Ela sorri:

– Uau! Minha palavra preferida! Vamos para a escola, Secreto. Temos muito trabalho a fazer juntos!

Ela guarda o novo amigo na mochila e corre para tomar seu café da manhã a tempo de não perder a van.

O livro, as guardiãs e a missão

Na van, Matilda conversa aos cochichos com Bel, Malu, Tufo e Pinóquio:

– Pessoal, tenho coisas importantes para falar aos membros do clube. Precisamos nos reunir na hora do intervalo. O assunto é sério. Durante o dia, o nosso Local Secreto não é nada discreto, com todos aqueles alunos, funcionários e professores transitando pela biblioteca. Eu preciso MOSTRAR uma coisa para vocês; SÓ para vocês.

Tufo coça o topete sem parar e diz:

– Já sei! – e dá o costumeiro soquinho na palma da mão. – A sala de artes, no segundo andar, está fechada. Todos os trabalhos apresentados na exposição da semana passada estão guardados lá; eu mesmo ajudei o professor Claudio a organizar as pinturas, as maquetes e as esculturas. A sala está atopetada, transformou-se em um depósito. Ninguém deve aparecer.

Bel complementa:

– Bem pensado, Tufo. Além disso, ela fica isolada no final do corredor.

– Perfeito! – concorda Matilda. E arremata: – Preciso de todos os membros do clube hoje, na hora do intervalo. Vamos avisar os demais: passem bilhetinhos, ok? Quando ouvirem o sinal, corram para lá – enquanto fala, passa a mão com carinho no livro dentro da mochila.

A van estaciona. Todos desembarcam e se dirigem às salas de aula cheios de curiosidade.

O sinal do recreio toca e os membros do clube se encaminham às escondidas para a sala de artes. Matilda, Bel e Malu são as primeiras a chegar. Logo entram Tufo, Boy, Romeu e Pinóquio; por último, Maria, Savana e Leona.

Eles comentam os fatos ocorridos na noite anterior na Biblioteca Central, bem como a visita à casa de Dona Petúnia, até que Matilda pede a atenção de todos e tira Secreto da mochila:

– Pessoal, eu tenho aqui algo especial, que vai nos ajudar a entender o que está acontecendo.

As crianças estão sentadas em um pequeno círculo e ela abre cuidadosamente o livro no meio da roda, e continua:

– Se alguém ainda não acredita em magia, acho que isso muda agora. Este livro se chama *A História Não Contada* e...

Mas antes que ela prossiga, ele escreve:

"Mas podem me chamar de

SECRETO."

– MISERICÓRDIAMASOQUEÉISSO? – grita Malu e tapa a própria boca.

Ao mesmo tempo, Tufo diz:

– O negócio está escrevendo sozinho!

– Mais alguém quer se manifestar? – pergunta Matilda, com cara de enfado e uma sobrancelha levantada, como quem diz "eu avisei".

Enquanto todos estão encantados com o livro que escreve "ao vivo", Matilda acompanha em voz alta aquilo que vai se formando em contínuas linhas: explicações sobre o portal mágico em Vale Real, os guardiões e o Mundo dos Sonhos. A leitura é interrompida por uma voz bastante conhecida pelas crianças:

– Muito bem, meus caros, muito bem!

Depois de se recuperarem do pequeno susto causado pela chegada silenciosa de Dona Petúnia – que usa óculos diferentes e uma peruca –, as crianças ficam radiantes ao verem a professora parada na porta após repetir sua famosa saudação. Ela adentra a sala seguida de uma pequena e carismática senhora:

– Venha, Lela. Temos trabalho pela frente.

Bisa Lela vem logo atrás. Matilda dá um enorme sorriso e Savana corre para abraçá-la.

Bisa Lela está em pé diante das crianças:

– Muito prazer, meus queridos, eu sou a bisavó da Savana. A única criança que sabe quem eu sou aqui, além dela, é a Matilda. Posso dizer que nos conhecemos em um sonho, não é, querida? Hoje eu a considero uma amiga.

Matilda fica ruborizada de alegria. A bisa continua:

– Vejo que vocês já sabem algumas coisas importantes. Secreto é um livro magnífico.

"Obrigado, Lela. Eu sei disso."

– Se me permitirem, vou continuar de onde ele parou... – ela diz, sentando-se em uma cadeira enquanto puxa da bolsinha um retrato em preto e branco que Matilda reconhece na hora: as cinco crianças da época do primeiro clube de leitura da cidade vestindo uniformes: a fotografia que apareceu em seu sonho na biblioteca de Bisa Lela, na casa de Savana.

Savana diz:

– Seus amigos do clube de leitura, Bisa!

Bisa responde:

– Exatamente. Aposto que você não reconheceu essa menina sorridente ao meu lado, não é mesmo, Savana?

A menina olha a foto e faz que não com a cabeça. Todos estão atentos, sentados no chão, apertados no pouco espaço livre da sala, aos pés da Bisa. Matilda se aproxima da foto e a analisa com atenção. Logo dirige seu olhar a Dona Petúnia, que está em pé examinando os trabalhos dos alunos, utilizados dias antes na exposição de arte, distraída, como se nada estivesse acontecendo.

– Essa aí é a Dona Petúnia.

– *Brava!* – responde Bisa Lela.

– Como funcionava o seu clube? Como isso tudo aconteceu? – quer saber Matilda.

– Vou contar agora – a bisa olha para o relógio de parede e prossegue: – Temos um tempinho. Bem, crianças, no dia em que esta foto foi tirada, meu clube e eu descobrimos a existência do Mundo dos Sonhos. A

Biblioteca Central havia sido recentemente inaugurada e eu tive um sonho lindo, real e intenso... Ah, lembro como se fosse ontem! Sonhei que existia um mundo fantástico e que sua entrada ficava no prédio da Biblioteca Central. Mesmo após ter acordado, ainda me sentia naquele universo maravilhoso, e, no caminho para a escola, encontrei um trem muito especial, que criava os próprios trilhos enquanto andava, seguindo para onde bem entendesse – ela pisca para Matilda, e a menina não se contém:

– WALDO!

As outras crianças ficam em silêncio com a testa franzida. Bisa Lela continua:

– Eu fiquei bastante confusa, pois, além de tudo, o trem não tinha maquinista, ele realmente parecia ter saído do meu sonho. Tínhamos reunião do clube naquele dia e...

Bel levanta a mão:

– Bisa, qual era o nome do seu clube de leitura?

– Hehehe, que pergunta interessante. O clube se chamava "Esquadrão Literário". Como eu ia dizendo, na reunião eu compartilhei com meus amigos tudo o que havia sonhado, inclusive contei sobre ter visto o trem enquanto estava bem acordada caminhando pela rua – ela faz uma pausa e olha cada criança nos olhos.

– Coisas estranhas estavam acontecendo em Vale Real, então, nosso clube fez uma incursão pela Biblioteca Central e descobriu que o portal mágico do meu sonho existia DE VERDADE, e fazia contato com essa outra dimensão, o chamado Mundo dos Sonhos.

– Uau! – dizem todos.

Ela prossegue:

– Um gato gigantesco andava devastando rebanhos à noite na região e deixando a população em pânico... esse gato era, na verdade, um Monstro Felino.

Matilda sente um arrepio. Dona Petúnia continua:

– Meus caros, Monstros Felinos são animais muito perigosos. Um deles havia escapado do Mundo dos Sonhos, que passava por uma chamada "onda de pesadelos", e estava fazendo um estrago em Vale Real.

– Nossa!

– Incrível!

– Puxa!

– E as outras crianças que aparecem na foto? – pergunta Pinóquio – Quem são?

Dona Petúnia responde com pressa:

– Essa história fica para outro momento, meu caro.

– O que exatamente aconteceu naquele dia? – questiona Savana.

Bisa Lela prossegue:

– Combinamos de nos encontrar na Biblioteca Central quando ela estivesse fechada, naquela noite. O portal estava aberto e... bem, nós conseguimos resolver a situação e mandamos o Monstro Felino de volta.

– Ah, aquilo foi demais, não é, Lela? – comenta Dona Petúnia.

– Sim, foi mesmo! – ela para de falar e olha o relógio de parede. – Não temos tanto tempo, logo vocês devem voltar para a sala de aula; nada pode chamar atenção. Lembrem-se de manter segredo sobre o que viram e ouviram até aqui, meus queridos. Antes de retornarem, quero que saibam que precisamos da ajuda de vocês hoje à noite.

– O que vai acontecer hoje à noite? – quer saber Tufo.

Dona Petúnia responde, dirigindo-se a todos:

– Meus caros, ontem foi o terceiro dia de abertura do portal. Os poderes das criaturas mágicas estão se intensificando e hoje chegam ao ponto máximo. Como já foi dito, as criaturas do mal precisam da escuridão, então pensem comigo: quando a noite cair, Kafta contará com todos os poderes de que dispõe e terá força suficiente para acabar com as luzes da cidade, liberando, assim, os pesadelos do Mundo dos Sonhos. Pesadelos se alimentam de escuridão.

Bisa Lela conclui:
– Não podemos permitir que isso aconteça.
Malu está com a voz embargada:
– O que vamos fazer?
Secreto inicia sua escrita e todos se calam diante do livro.

"Vamos mandar Kafta de volta! Vocês, crianças, têm muito poder, e a sua felicidade enfraquece as criaturas maléficas. A união, a amizade e a capacidade de imaginar histórias que vocês exercitam quando se reúnem em torno dos livros, nas reuniões do clube de leitura, é uma forma de MAGIA. Vocês podem não enxergar, mas saibam que realmente se iluminam nessas horas. E Kafta não gosta de luz, vejam bem."

As crianças se entreolham com alegria, percebendo no pulsar do coração a força das palavras de Secreto, que continua:

"Posso sentir a energia de vocês; Matilda selecionou pessoas deveras especiais para compartilhar sua vida de leitura.

E saibam que onde há livros, há mágica de verdade! Basta pensar que palavras escritas em um pedaço de papel se transformam em imagens na mente de outros seres humanos... e muitas vezes ficam lá para sempre. Vocês sabem disso, porque vivem essa experiência a cada leitura que fazem: num passe de mágica, o texto se transforma em vida – em sensações e expressões: choros, risadas, medo, curiosidade, alegria, taquicardia, sono, enfim... É uma forma de telepatia, uma verdadeira transmissão de pensamento do autor para o leitor! NÃO É FANTÁSTICO O PODER DA LITERATURA?"

Nesse momento, o livro para de escrever e a última frase não se apaga; fica ali, grafada em caixa alta, e de repente começa a piscar lentamente na página:

"NÃO É FANTÁSTICO O PODER DA LITERATURA?"

As crianças estão de mãos dadas em torno do livro mágico e sentem um calor envolver o corpo todo, uma sensação semelhante a ter sido abraçado com carinho. Não há mais confusão, apenas paz. Elas se olham sorrindo e Bisa Lela fala:

– Ah, vejo que todos foram tocados pelas palavras de Secreto. Vocês realmente sabem do que ele está falando – ela olha para Dona Petúnia e continua: – Estamos mesmo diante das crianças certas. Elas foram escolhidas a dedo. Parabéns por isso, Matilda!

A menina enrubesce e sorri. Secreto continua:

"Pensem nos grandes escritores! Até mesmo os que já morreram há bastante tempo... o mundo que eles criaram em folhas de papel está vivo até hoje dentro de quem os leu. E esse mundo vai nascer na mente de todo aquele que um dia abrir seus livros.

Ah, quando penso em George MacDonald escrevendo 'Phantastes' à luz de velas... tenho certeza de que ele não imaginava o impacto que teria em C. S. Lewis, quando ele leu seu livro pela primeira vez e mergulhou profundamente num universo de fantasia, brindando o mundo com 'As

Crônicas de Nárnia' anos depois. É uma verdadeira corrente do bem! Esta é a velha magia do clube: a energia que passa de uma mente para outra por meio do livro, não é mesmo, Lela e Petúnia?"

As duas respondem em coro:

– Sim!

O sinal toca.

Dona Petúnia diz:

– Muitíssimo bem, meus caros! Voltem já para suas salas de aula. E estejam todos superagasalhados logo antes do pôr do sol na minha casa, prontos para a missão. Lela e eu estaremos esperando por vocês.

Bisa Lela pega Secreto do chão e o devolve a Matilda:

– Não se esqueça do seu amigo. Agora vão!

As crianças saem às pressas; Matilda mantém a mão em Secreto dentro da mochila sentindo o coração bater acelerado.

Na sala de aula, Matilda, Bel e Malu não tiram os olhos do relógio: faltam cinco minutos para o sinal finalmente tocar. Os alunos estão finalizando uma atividade em grupo quando são surpreendidos pela chegada repentina da Diretora Dina, que entra na sala pedindo licença para dar um aviso importante:

– Bom dia, alunos!

Bel sussurra:

– Nossa, alguém ainda vai desmaiar de susto com essas aparições sorrateiras da diretora.

Malu concorda:

– Eu acho que ela tem nuvens nos pés e flutua pelos corredores, por isso ninguém a ouve chegar.

A Diretora Dina diz:

– Infelizmente o senhor Eustáquio informou que os danos à estrutura elétrica da Biblioteca Central não puderam ser reparados e a programação desta noite foi cancelada. O torneio de contos, poesias e as demais atividades foram suspensas e ele, em nome da comissão organizadora do evento literário, mandou dizer que conta com a compreensão de todos. Sinto muito.

Ela pede licença à turma e sai. Os outros alunos fazem reclamações até que o sinal toca. Bel cochicha com as amigas:

– Não podemos falhar hoje.

Malu dá um enorme suspiro e Matilda concorda com Bel:

– Vale Real precisa de nós!

Pôr do sol

Em um ato de coragem, os membros do Clube de Leitura Rabo de Tatu cumprem sua palavra: todos estão sentados em frente à casa de Dona Petúnia, contemplando o crepúsculo. O sol desce atrás dos morros distantes e o azul do céu vai, aos poucos, recebendo outras cores: amarelo claro, dourado, laranja, rosa, lilás e violeta. Os últimos raios parecem espiar de longe, formando sombras compridas no chão, as quais gradualmente desaparecem, dando lugar à noite.

Bisa Lela e Dona Petúnia oferecem Devir e eles se esbaldam, tentando ficar mais relaxados para enfrentar o que têm pela frente. Depois de explicar as características fantásticas daquela fruta, originária do Mundo dos Sonhos e já tão conhecida por Matilda, Bisa Lela diz:

– Ela só aparece nesta árvore por sete dias, uma vez a cada sete meses. Saboreiem.

Quando as crianças terminam de degustar a iguaria, Dona Petúnia diz:

– Nossos poderes estão em alta hoje, hein, Lela? Estou me sentindo como se tivesse quinze anos, e você?

As crianças caem na risada. Aquelas aparentemente frágeis senhoras eram tão vigorosas, tão cheias de energia, que realmente pareciam ser muito mais jovens do que eram. Bisa Lela concorda:

– Eu também me sinto assim. Estamos no quarto dia da abertura do portal. Não é só Kafta que está mais forte: hoje consigo utilizar minha varinha em sua plenitude – ela respira fundo e olha para as crianças, para aqueles olhinhos um pouco assustados, e prossegue: – Não tenham medo, meus queridos. Petúnia e eu estaremos com vocês.

– Temos que nos preparar. Matilda, por favor, abra Secreto. Quero que ele escute tudo – diz Dona Petúnia.

Matilda obedece. Bisa Lela levanta-se, explicando:

– Como todos já sabem, Kafta está bastante poderosa hoje. Ela e Eustáquio devem estar agora na biblioteca, junto ao portal, esperando o horário de abertura máxima: 23h59. Vejam bem: neste horário, a força de todas as criaturas mágicas – tanto as do bem quanto as do mal – estará no seu ápice, e...

Tufo levanta a mão:

– Humm... Bisa Lela, o que é ápice?

– Boa pergunta, Tufo. Significa dizer que as forças estarão no seu ponto máximo. Como Secreto já explicou, criaturas pertencentes às ondas de pesadelo podem passar pelo portal, desde que haja uma bruxa forte do lado de cá e que o lugar esteja na escuridão. A biblioteca está às escuras e tenho certeza de que Kafta acabará com a luz em toda a cidade para garantir que esses seres transitem livremente e transformem em pesadelos os sonhos de quem dorme, sugando a sua energia. Se isso acontecer, o portal se fechará, e só teremos a chance de levar esses monstros de volta quando ele se abrir novamente... DAQUI A SETE MESES!

– A senhora disse monstros? São muitos? – Malu pergunta.

A bisa responde:

– Malu, fique tranquila, vocês não estão sozinhos. Não temos como saber quantos a bruxa vai conseguir chamar – ela dá um suspiro e conclui: – Mas nós somos realmente poderosos juntos.

– Por que a abertura total é tão tarde, Bisa? – quer saber Maria.

– Porque o ponto máximo de força é o último minuto do quarto dia. E, quanto mais tarde, maiores as chances de as pessoas estarem dormindo. Isso é vantagem para Kafta, pois, como eu disse, esses monstros se alimentam de pesadelos e, se eles saírem na escuridão, conseguirão transformar sonhos bons em rüins para ficarem ainda mais fortes. Nós só precisamos de LUZ!

– Como vamos fazer para manter a cidade iluminada se Kafta pode apagar todas as luzes com magia? – pergunta Leona.

Bisa Lela responde:

– Ora, é simples: com magia também... e com a ajuda de crianças iluminadas. Estão preparados?

– Sim! – respondem todos.

– Mas ainda é cedo. O que vamos fazer até às 23h59? – questiona Pinóquio.

– Vocês conhecerão alguns amigos especiais – responde Dona Petúnia.

Os aliados

Um som de passos vem da mata escura, atraindo a atenção de todos. Bisa Lela aponta na direção do barulho e diz:

– Queridos, está chegando a hora. Quero apresentar um dos nossos aliados desta noite.

Os membros do clube olham curiosos para o bosque, mantendo-se bastante próximos uns dos outros.

– Não estou vendo nada, Bisa – diz Boy.

– Tenha calma, meu caro... – diz Dona Petúnia.

– Ah, aí está ele – ela prossegue, quando Seu Teco surge mancando de trás de um grande pinheiro.

O vislumbre do temido zelador deixa as crianças inquietas.

– Ah! Ssss... se-se-se... Seu Teco? – murmura Malu, escondendo-se atrás de Romeu.

Bisa Lela diz:

– Ele mesmo. Fiquem calmos.

As crianças o observam atentamente. Um suave vento dissipa a bruma que cobre o céu e a lua aparece plena. Assim que a claridade irrompe, Tufo grita, apontando para cima:

– É lua cheia!

Nesse momento, eles se recordam das histórias contadas tantas vezes nos corredores da escola sobre Seu Teco ser um lobisomem e ficam estáticos, de olhos arregalados. Ao mesmo tempo, o zelador levanta o olhar para a lua e a transformação acontece: ele solta um rosnado estrondoso, que paralisa as crianças. Os dedos dos pés e das mãos começam a crescer e enormes unhas negras aparecem. Pelos brancos tomam conta do corpo e, no rosto, surge um enorme fuço de cachorro. A boca se abre e caninos gigantescos reluzem. Orelhas pontudas despontam e ele cai em quatro patas.

E assim, em poucos segundos, um enorme lobo branco com olhos cor de âmbar está parado diante de todos. Ele ergue o fuço para a lua e solta um uivo:

AUUUUUUUUUUUUUUUU!

As crianças estão apavoradas:

– AAAAAAHHHHHH! – dizem todos.

– Era tudo verdade! – grita Malu.

– Ele é um lobisomem mesmo! – berra Pinóquio.

Entram aos tropeços na casa, escondendo-se. Jiló, que dormia em frente ao fogo, sai correndo após ouvir a barulheira das crianças e vai parar embaixo do sofá.

Dona Petúnia os segue e diz, com suavidade:

– Não se preocupem, Teco sempre esteve do nosso lado.

Os membros do clube saem dos esconderijos improvisados e se encaram por alguns segundos, perguntando-se o que aquilo quer dizer. *Do nosso lado? Como assim?* Se eles já tinham medo do Seu Teco humano, imagina transformado em lobo!

A professora os acalma:

– Confiem em mim, meus caros. Venham! Esse lindo lobo branco é nosso amigo.

Eles saem da casa e caminham bem juntinhos, tentando assimilar todas aquelas novidades. Jiló senta ao lado do lobo, o que deixa as crianças mais tranquilas. Dona Petúnia se aproxima e diz:

– Entendam que existem alguns “teatros” que precisamos fazer na escola. Lá o Teco é apenas um ser humano rabugento e...

– Rrrrrrrr... – rosna o grande lobo.

Bisa Lela diz, olhando para o animal:

– Desculpa, Teco – ela se dirige novamente às crianças, pisca um olho e prossegue: – Ele odeia ser chamado de rabugento.

Matilda brinca:

– Até que a voz do Seu Teco não muda tanto quando ele está transformado em lobo, não é?

Todos riem, lembrando-se do quanto temiam a voz do zelador, e o lobisomem abana o rabo, aparentando estar alegre.

– Teco sempre me pareceu mais feliz assim, como lobo – fala Dona Petúnia.

– Uau, gente, que coisa incrível! Um lobisomem bonzinho! – grita Malu.

Dona Petúnia continua:

– Lembram-se de quando eu disse que tinha aliados na minha missão de descobrir o que Kafta queria aqui?

As crianças respondem que sim.

– Teco é um deles. Ele sempre teve essa fama de mau, por isso Kafta acredita que ele esteja do seu lado, mas, na verdade, ele foi o responsável pela descoberta desse plano malévolo em execução agora. Desde que a vi em Vale Real, Teco está me ajudando a monitorar seus passos e, aparentemente, ganhou a confiança daquela bruxa. Isso é uma grande vantagem para nós. Era com ele que eu estava reunida na floresta ontem, antes de vocês chegarem.

– Entendi, Dona Petúnia – diz Matilda.

– Estão mais calmos agora?

– Sim! – respondem todos.

Seu Teco e Jiló correm pelo gramado e as crianças entram na brincadeira de pega-pega. Dona Petúnia cochicha com Bisa Lela:

– Com toda a luz que vem dessas crianças, nossa missão não será assim tão difícil, minha amiga – ela mira o reloginho de pulso e prossegue: – Os demais devem estar chegando.

A professora levanta os olhos para o céu ao mesmo tempo em que o som de um bater de asas chega aos ouvidos de todos, suavizando a correria e os gritos. Bel, que está escondida atrás de uma árvore por conta da brincadeira, sai correndo com o braço esticado, apontando para cima:

– Genteeeeeeeeeeeee! Tem um cavalo voando! Vejam!

O Pégaso se aproxima em toda a sua graça pelo céu estrelado, e sua pelagem alva reflete a luz da lua. As crianças dão gritinhos de felicidade, pulando entre abraços e palmas.

Pinóquio grita, eufórico:

– Nossa, um cavalo voador! Um cavalo voador! Hah-aha! Se eu contar isso, vão me chamar de mentiroso!

Matilda ri tanto que seu corpo balança, os ombros parecem dançar. Ela diz para si mesma, enxugando uma lágrima:

– É como no meu sonho! Exatamente como no meu sonho! Que lindo!

O Pégaso pousa no gramado: desce as patas dianteiras e em seguida as traseiras, em um trote que logo se torna um caminhar suave, até que para em frente à Bisa e baixa a cabeça, em reverência.

– Ah, meu querido! Que saudade! – ela diz, acariciando o animal.

– Bisa, podemos tocar nele? – pede Savana.

– Mas é claro, venham! Ele é muito dócil – diz Dona Petúnia, já abraçada no pescoço do cavalo.

Enquanto as crianças estão em volta do Pégaso, ouvem um som familiar:

UUH, UUH.

Matilda grita:

– Gente, ouviram? É aquela coruja tagarela!

Dona Petúnia pergunta:

– Vocês já conhecem a Fiba?

Eles avistam uma grande coruja marrom no galho de uma árvore próxima. Ela desce voando e pousa no ombro da professora.

– Já não era sem tempo, Fiba. Você vai conosco hoje – ela diz, dando tapinhas carinhosos nas patas do animal.

Todos estão reunidos em frente à casa. Bisa Lela pede atenção e diz, olhando para as crianças e os animais:

– Amigos, nossa missão de hoje é manter as luzes acesas e impedir que o portal seja passagem para pesadelos. Vamos para a Biblioteca Central. Quase toda a cidade já está dormindo e temos pouco tempo até a abertura absoluta da ligação entre os dois mundos. Precisamos ir agora!

O Pégaso começa a correr e decola. A coruja alça voo ao seu lado até que os dois desaparecem.

– E nós, como vamos até lá? A pé? – quer saber Bel.

– Hehehe, com certeza não... – responde Matilda, já imaginando o que viria a seguir.

Bisa Lela bate palmas três vezes e Waldo aparece, deixando todos encantados com seus trilhos mágicos que parecem um tapete de luz. Ela diz:

– Aos que ainda não conhecem o trem mais encantador de todos os mundos: apresento-lhes Waldo! Por favor, subam.

Tarde demais

Eustáquio está no subsolo da Biblioteca Central, ao lado de Kafta, diante do portal que mostra o Mundo dos Sonhos. Quando, na noite anterior, ela o levou à frente do palco do salão principal, mostrando um alçapão oculto por um tapete, eles desceram quatro lances de escadas subterrâneas e chegaram a uma caverna escura. Com a luz da lanterna, ele avistou estalactites de cristal, e, no centro, um pequeno – mas aparentemente profundo – lago de água límpida e, depois dele, um buraco na parede, que se alargava a cada minuto – o portal mágico.

Desde então, ele se questiona se de fato fez um bom negócio aliando-se àquela bruxa. Ela havia prometido transformá-lo em prefeito da cidade se ele a ajudasse, mas tudo aquilo parecia perigoso demais.

Agora, ao contemplar o portal aberto, ele sente medo. Do outro lado, uma tempestade varre o Mundo dos Sonhos. Ele não imaginava que as coisas poderiam ficar tão perigosas e se pergunta se há uma maneira de sair dessa enrascada.

– Não falta muito para a abertura total – a voz da bruxa corta seus pensamentos. – Teco deve chegar a qualquer momento.

O pânico parece apertar a garganta de Eustáquio e ele não consegue mais falar. *Onde foi que eu me meti?*

Kafta está parada olhando para o buraco na parede. Há pouquíssima luz no ambiente, mas Eustáquio consegue distinguir a sombra da bruxa. Ele caminha devagar em direção às escadas por onde eles haviam chegado, pensando que precisa fugir dali.

– Nem pense nisso, Eustáquio. Daqui você não sai – ela diz, sem nem mesmo virar a cabeça na direção dele.

Ele disfarça, dizendo que não estava indo a lugar nenhum e retorna, parando ao lado da bruxa e sentindo o coração acelerar no peito. *É tarde demais.*

Na biblioteca

Em frente à casa de Dona Petúnia, as crianças se acomodam nos vagões de Waldo, que se fecham com vidros devido ao frio, e ele parte. Passeia pela mata sobre seus trilhos luminosos, contornando árvores e passando por cima de riachos e arbustos. Os bancos estão macios e aquecidos, o que relaxa o corpo dos passageiros. Matilda faz carinho em Secreto na mochila e todos olham para fora, acompanhando as luzes abaixo do trem, e avistando, por vezes, pequenos animais. Ele estaciona no fim do bosque, antes do início da cidade, a cerca de cem metros da Biblioteca Central.

– Desçam, meus queridos. Daqui seguiremos a pé, pois precisamos chegar em silêncio – diz Bisa Lela, desembarcando do primeiro vagão. – Ui! O vento está gelado. Vistam seus agasalhos, a partir de agora não contaremos com o calor de Waldo.

Eles descem. Seu Teco, que havia feito o trajeto até ali correndo atrás do trem, acompanha as crianças.

– Vá, Teco! Encontre Kafta e siga nosso plano. Boa sorte, meu amigo! – diz Dona Petúnia.

O lobo corre em direção à biblioteca e desaparece de vista.

– Onde estão o Pégaso e a coruja? – quer saber Savana.

Dona Petúnia responde:

– Fiba provavelmente já entrou na biblioteca e o Pégaso deve estar no telhado. Agora vamos, vamos logo!

Todos caminham juntos, às pressas; as crianças seguem Bisa Lela e Dona Petúnia em silêncio. Quando chegam aos fundos da biblioteca, a bisa puxa sua varinha, que abre com facilidade a porta emperrada.

– Nós tivemos que pular a janela... – comenta Tufo.

– Podem entrar, crianças. O último fecha a porta, por favor. Fiquem no mais absoluto silêncio. Caminhem na ponta dos pés, se necessário. Kafta está muito perto, lá embaixo – diz a bisa.

O interior do prédio está escuro. Eles passam pelo corredor, chegam ao salão principal e param em uma rodinha. Bisa Lela acende a ponta da varinha e Dona Petúnia diz, aos sussurros:

– Vocês ficam aqui. Teco já está lá embaixo – e empunha uma caneta, como se fosse uma espada, deixando as crianças confusas.

– O que a senhora pretende com essa caneta, Dona Petúnia? – pergunta Leona.

– Ora, ora... o que uma boa professora faz com uma caneta nas mãos, meus caros? MÁGICA! Apresento-lhes a minha varinha! – e a ponta da caneta se transforma em luz.

PLIM!

– Uau! – eles dizem.

– Onde está Secreto, Matilda? – pergunta Bisa Lela.

A menina tira o livro da mochila e o mostra aos demais.

– Ótimo. Cuide bem dele. Agora fiquem em silêncio e aguardem nosso sinal. Vamos surpreender aquela bruxa pestilenta diz Dona Petúnia, e aponta a caneta mágica diretamente para o alçapão, que se abre devagar.

– Vamos descer agora – fala Bisa Lela, consultando o relógio. – Temos alguns minutos até que o portal se abra totalmente.

Quando a bisa termina de falar, do lado de fora, as luzes dos postes e dos enfeites da feira piscam até apagar. As crianças correm para as janelas e testemunham, apavoradas, o breu: resta apenas a luminosidade da lua, que oscila entre nuvens carregadas.

Bisa Lela diz:

– O processo foi antecipado; a cidade já está no escuro! Precisamos correr, Petúnia! Crianças, fiquem atentas a Secreto, ele será o seu guia a partir de agora. E não desçam por esse buraco sob hipótese nenhuma!

As duas desaparecem e a tampa do alçapão se fecha silenciosamente.

O subsolo

Bisa Lela e Dona Petúnia descem as escadas escuras quando uma intensa luz verde se revela pelos degraus, vinda do andar de baixo. Elas se olham nervosas. *A luz da varinha de Kafta.* Apressam o passo até que chegam à caverna do subsolo e se escondem atrás de uma parede de pedra.

Elas estão a cerca de vinte metros do pequeno lago de água cristalina. Conseguem avistar a bruxa, Eustáquio e o lobo Teco, de costas para elas, voltados para a abertura do portal – que, naquele momento, é um grande buraco na parede.

Do outro lado está o Mundo dos Sonhos, que enfrenta uma onda de pesadelos. Lá também é noite e a tempestade se intensifica a cada minuto: trovões ecoam, animais correm assustados, rajadas de vento curvam as copas das árvores; algumas levantam voo.

Kafta sorri segurando a varinha, que emana apenas uma tênue luminosidade esverdeada, e diz:

– Temos tempestade no Mundo dos Sonhos e escuridão no Mundo Real: as luzes da cidade se apagaram. Já me sinto mais forte – ela olha para Teco e Eustáquio, perguntando: – Estão preparados?

O lobo uiva. Eustáquio treme e sente náusea. Ela prossegue:

– O Monstro Felino será o primeiro. Logo virão os morcegos-vampiros e depois... Bem, depois deles, não sobrará muita energia humana para barrar os demais. Dessa vez, até os gigantes passarão! Nunca mais haverá sonhos bons nem alegria de viver... e o poder será meu. Só meu!

Eustáquio fica perturbado imaginando o que seriam "morcegos-vampiros" e sente o corpo todo transpirar. Apesar do medo que sente da bruxa, ele faz uma pergunta:

– De que tipo de morcegos você está falando?

– Do tipo mais hostil e perigoso, Eustáquio. São os Pirinos: sugadores de energia, que transformam alegria em tristeza, criatividade em repetição, esperança em pânico, satisfação em dor... eles petrificam o inimigo, deixando-o vulnerável.

A resposta da bruxa dá a Eustáquio a coragem que lhe faltava e ele corre em direção às escadas, tentando fugir. Kafta aponta a varinha, que dispara um raio, e grita:

– TOLO!

Eustáquio é imediatamente lançado para o lago e desaparece.

Kafta diz:

– Agora, sim. Nada mais vai atrapalhar.

E, ao lado de Teco, volta-se novamente para o portal.

– É a nossa chance – diz Bisa Lela, aos sussurros, para Dona Petúnia.

Elas saem de trás da parede pé ante pé, tentando se aproximar da bruxa sem serem vistas, com as varinhas em punho. Seu Teco avista as duas amigas pelo canto do olho, na penumbra, e entende que chegou o momento de agir.

Kafta não percebe a movimentação em suas costas, pois está muito concentrada na abertura do portal, inebriada pela expectativa de se tornar tão poderosa a ponto de controlar o Mundo Real e o Mundo dos Sonhos, e o lobo avança feroz contra ela, derrubando-a e arrancando sua varinha com os dentes. A pálida luz verde que ela emanava desaparece.

– Tecooooo, seu vira-lata TRAIDOR! – ela esbraveja.

Nesse instante, um gato preto de dois metros de comprimento, com olhos amarelos luminosos, atravessa o portal e avança sobre o lobo.

– Ah, não, Lela, começou! O Monstro Felino passou! Pobre Teco! – diz Dona Petúnia.

As fadas apontam as varinhas na direção do portal, criando um túnel de luz para barrar a saída de qualquer outro animal das sombras. Somente a força da magia das duas guardiãs do Mundo Real é suficiente para impedir a travessia de qualquer criatura quando a escuridão toma conta, e elas precisam evitar que os Pirinos invadam a cidade.

O Monstro Felino abocanha o lobo pelas patas traseiras e o arremessa alguns metros. Ele derruba a varinha de Kafta, que imediatamente corre para reavê-la, protegendo o quanto pode os olhos da luz produzida pelas fadas. Contudo, quando a bruxa estende a mão para pegá-la, é surpreendida pela chegada de Fiba, que agarra a varinha com as patas e sai voando.

Bisa Lela grita:

– Atira na água, Fiba!

A coruja voa na direção da água cristalina, onde, momentos antes, Eustáquio havia desparecido, mas o Monstro Felino salta e lhe dá uma patada, derrubando-a no chão, desacordada, juntamente com a varinha, aos pés da bruxa.

Kafta pega seu instrumento mágico e, furiosa, lança um facho de luz verde na direção das fadas, que são projetadas para trás, rolando no solo. Seus raios de luz cessam, acabando com a proteção da magia do bem sobre o portal, e novamente é possível ver a tempestade dominando o Mundo dos Sonhos pelo enorme buraco na parede.

O Monstro Felino corre na direção das varinhas de Bisa Lela e Dona Petúnia, pega-as com a boca e as leva até a bruxa. Seu Teco está ferido em uma das patas, mas consegue se levantar e corre com dificuldade na direção do monstro.

Então Kafta lança um feitiço – primeiro na direção de Seu Teco, depois em Bisa Lela e Dona Petúnia: um raio salta da ponta da varinha e envolve cada um deles como uma corda, imobilizando-os. Kafta se aproxima das duas guardiãs, amarradas no solo, com o Monstro Felino em seus calcanhares, e diz, de forma cínica:

– Lela e Petúnia, ora, ora! Há quanto tempo não nos encontramos, não é mesmo? Por onde andavam? Por que não me convidaram para tomar um chá quando souberam que eu estava na cidade?

O Monstro Felino emite um rosnado que desnorteia todos, e Kafta diz:

– Calma, meu amigo. Primeiro eu vou fazê-las assistirem à minha vitória. Depois você pode devorá-las, bem como aquele cachorro traiçoeiro do Teco – ela vira a cabeça na direção do lobo quando diz isso, e Seu Teco grunhe, furioso, preso nas cordas.

– Kafta, sua fedorenta petulante! Pode ir tirando seu cavalinho da chuva, você não vai conseguir! – grita Dona Petúnia.

– Hahahaha, quer apostar? O que você pretende fazer agora que está sem a sua varinha e toda amarrada aí no chão?

Dona Petúnia não responde, apenas respira fundo, sentindo o nariz arder em razão do cheiro da bruxa. Kafta pega as varinhas da boca do monstro e as balança, dizendo:

– Terei o prazer de destruí-las quando vocês não estiverem mais aqui, queridinhas – vira-se novamente de frente para o portal e arremata: – Bem, Felino, agora é só aguardar as outras criaturas atravessarem.

Medo

No salão principal, as crianças estão em pé, apinhadas ao redor de Matilda, que tem Secreto aberto. O livro irradia uma luz suave, a qual permite às crianças enxergarem suas palavras em meio à escuridão:

"Chegamos a um momento crucial. Lela, Teco e Petúnia precisam de vocês. Quero que se concentrem e, quando eu mandar, fechem os olhos e imaginem um herói que tenham conhecido em alguma história que leram. Pensem no poder do bem derrotando o mal e na paz que reinou depois disso. Matilda, ponha-me no chão, por favor. Façam um círculo e deem as mãos, sentindo a vitória dentro de vocês."

Mas antes que consigam dar as mãos, a tampa do alçapão é aberta com um estrondo e centenas de morcegos do tamanho de pequenas galinhas saem dali voando e se espalham pelo teto do salão. As crianças berram, se separam e correm em busca de lugares para se proteger. Matilda joga Secreto novamente na mochila e se atira embaixo de uma mesa.

Sem a luz do livro, elas distinguem apenas sombras voadoras, ouvindo o farfalhar de asas e os sons estridentes emitidos pelos horripilantes animais, o que as deixa sem ar de tanto medo. Logo escutam vidros quebrando e se mantêm encolhidas em seus esconderijos. O barulho dos estilhaços segue por quase um minuto, fazendo as crianças taparem os ouvidos... até que finalmente tudo fica quieto.

Eles já foram.

Um soluço quebra o silêncio: começa baixinho e vai aumentando, até se transformar em choro convulsivo. As crianças saem de seus lugares e caminham na direção do som, até que encontram Malu encolhida, tremendo embaixo de duas cadeiras.

– Ei, fica calma, Malu. Eles foram embora – diz Tufo, abraçando-a.

Todos se aproximam e se envolvem no mesmo abraço em torno de Malu. O choro dela é a manifestação do pavor que cada um sente. Eles olham para os lados e constatam que as janelas do salão estão destroçadas, deixando entrar o ar congelante da noite. Malu soluça e ninguém encontra uma palavra de consolo a dizer. Perdem as esperanças e as forças, e logo outros choros são ouvidos entre eles.

No subsolo, Kafta está radiante: os Pirinos haviam passado. Ela olha para o Monstro Felino e para seus prisioneiros – Seu Teco, Dona Petúnia e Bisa Lela – e diz:

– Assim que os morcegos terminarem seu trabalho em Vale Real, cuidarei da passagem das outras criaturas. E então, Felino, você pode ficar com esses três – ela olha com ironia para as duas fadas e diz, com a voz afetada: – Ohhhh, como ficaremos sem nenhum guardião para cuidar do portal? HAHAHAHAH... Saibam que os dois guardiões do Mundo dos Sonhos serão eliminados assim que eu terminar com vocês – ela mira novamente o gato gigantesco e conclui: – Agora fique de olho neles, preciso me concentrar – e vira-se mais uma vez para a abertura do portal.

Bisa Lela olha para Dona Petúnia e Seu Teco. Eles fecham os olhos e mentalizam as crianças no andar de cima.

Desolados e abraçados em um grande círculo, os membros do Clube de Leitura não se movem, até que a mochila de Matilda começa a pular em suas costas:

– Secreto quer se comunicar! – ela diz, lembrando-se da noite em que o conheceu, na qual ele se abriu sozinho aos pés de sua cama, iluminando o quarto.

Ela larga o livro no chão e seca as lágrimas, e ele volta a emanar um suave brilho e começa escrever, o que imediatamente traz calor ao coração das crianças:

"Ei, fiquem calmos! Vai dar tudo certo!
Não se deixem levar pelo medo!
Esses morcegos terríveis que passaram
por aqui fazem isso mesmo: sugam
as energias de toda e qualquer
criatura boa, deixando apenas terror
e vazio. Eles vão transformar os
sonhos das pessoas em pesadelos!
Precisamos agir agora!"

– O que a gente faz? Como vamos acabar com essa escuridão medonha? – grita Maria.

– O que será que houve com a bisa e a Dona Petúnia? Minha bisa! – chora Savana.

"Calma! Elas estão bem, mas precisam
de ajuda! Enxuguem essas lágrimas,
vocês são a chance de salvar tudo!
Vamos lá, de volta para onde estávamos,
AGORA MESMO! Pensem na história
e deem as mãos."

Luz

Eles formam um círculo, bastante concentrados, de mãos dadas. Secreto está aberto no chão, no centro da roda. Cada um pensa em seu herói literário favorito e na sensação de paz que a história lhe proporcionou quando o bem venceu o mal.

De repente – mesmo de olhos fechados –, eles percebem que a luz de Secreto se intensifica e, curiosos, espiam. Uma frase se forma:

"OLHEM PARA CIMA!"

Eles obedecem e ficam de boca aberta quando avistam uma nuvem de pó luminoso e faiscante sobre suas cabeças. Ela se move devagar, reluzente, parecendo carregada de ouro em pó e mini fachos de luz.

– Uau! – todos dizem juntos, sorrindo.

– Nunca vi nada tão lindo! Parece um glacê luminoso! – diz Savana.

– É uma nuvem de brilho! – grita Malu.

– O que exatamente isso faz? – pergunta Boy.

"'Isso', meu caro Boy, faz a bruxa ir embora."

Matilda pergunta:

– Como assim, Secreto?

"Essa é uma nuvem de energia, crianças. Vocês a formaram. Ela é forrada de micropartículas de luz, muito semelhantes a glitter branco e dourado, mas com luz própria. Vocês precisam espalhá-la o mais rápido possível pela cidade."

– Como faremos isso? – quer saber Tufo.

"Matilda, bata palma três vezes."

A menina obedece.

"Agora, abra a porta da Biblioteca Central."

Ela pega o livro e se dirige com pressa à entrada da biblioteca, seguida pelos amigos, e, quando abre a porta, a alegria invade a todos: como um sopro de calor na noite fria, Waldo chega todo iluminado deslizando sobre trilhos incandescentes. O trem parece uma carruagem decorada para o Natal: o chão e os assentos estão forrados de veludo vermelho; os vagões, cobertos de pequenas lâmpadas amarelas que piscam devagar, e ele exala um delicioso aroma de lavanda – planta bastante famosa por suas propriedades relaxantes.

– Waldo está sorrindo! Ele nos sentiu... percebeu nossa união agora, por isso está lindo assim! Não é mesmo, Secreto? – Matilda suspira, com os olhinhos brilhando.

**"SIM! É exatamente isso.
A energia de vocês trouxe
o sorriso de Waldo."**

Eles estão na rua ao redor do trem, quando Bel grita:

– Gente, a Fiba! – e aponta a coruja, que havia se recuperado do golpe do Monstro Felino, e sai voando do interior da biblioteca, pela porta que as crianças deixaram aberta.

Durante o breve silêncio que se faz após Fiba ter pousado em um dos vagões de Waldo, eles ouvem o som já conhecido do bater de asas do Pégaso, que desce do telhado e aterrissa ao lado do trem.

"Waldo, Fiba e o Pégaso vão
sobrevoar a cidade com vocês."

– Como assim, "com vocês"? – quer saber Pinóquio.

"Vocês vão voar, Pinóquio. Agora
peguem a nuvem depressa. Ela se
divide ao toque. Separem porções
e coloquem nas mochilas e nos bolsos."

As crianças entram na biblioteca e seguem as instruções do livro: tocam a nuvem macia e se deliciam com sua textura suave e temperatura morna, e ela se divide em pequenos sacos de luz. As mãos das crianças ficam luminosas, elas enchem as mochilas e os bolsos e voltam para a rua.

"Agora subam no Waldo. Todos, exceto
a Matilda. Ela vai no Pégaso.
Estourem as pequenas nuvens de
luz durante o voo e deixem o
brilho descer pelo ar."

– Minha nossa! – ela grita. – Eu, no cavalo alado?

O Pégaso baixa a cabeça em reverência a Matilda, respondendo à sua pergunta. Ela respira fundo e monta o cavalo, deixando a mochila aberta na frente do corpo – nela estão Secreto e as nuvens de pó luminoso. A menina abre o livro mais uma vez:

"O Pégaso atinge uma velocidade bastante alta, superior à de Waldo e Fiba. Sua responsabilidade é enorme, Matilda. Vá na frente, voe!"

Ela beija Secreto e o devolve à mochila, agarra as crinas macias e fecha os olhos por alguns segundos – tentando ganhar coragem – e os abre assim que o Pégaso começa a se afastar da biblioteca. Deixa para trás os amigos, que vê se acomodarem nos vagões de Waldo. Fiba levanta voo segurando pequenas nuvens brilhantes nas garras.

O cavalo chega à rua vazia e Matilda segura-se firme com as pernas, ouvindo o som dos cascos no asfalto. Ao seu redor, as casas dormem na escuridão e, ao passar os olhos por elas, a menina sente um calafrio. Nesse momento, a mochila semiaberta deixa escapar um feixe luminoso que a faz sorrir, e ela diz, passando a mão cabeça do seu companheiro alado:

– Vamos espalhar a luz, meu amigo! Vamos, eu não tenho medo, estou pronta para voar com você!

Assim, o trote se transforma em galope e Matilda sente o vento gelado percorrer o rosto, os cabelos e o corpo. As imensas asas do Pégaso se abrem e o voo começa...

VUUUUUSHHHHHHH!

Ela se segura com força e dá um gritinho quando as patas do animal saem do chão, e eles ganham o céu. Em seguida, percebe os guinchos emitidos pelos terríveis Pirinos, que lhe tiram a alegria do rosto, e então entende que deve começar. O Pégaso voa cada vez mais rápido e Matilda estoura as porções de energia, criando uma chuva de pó fulgurante.

Enquanto isso, em frente à Biblioteca Central, Waldo sobe muito alto em seus trilhos mágicos, e as crianças explodem as pequenas nuvens luminosas.

O pó desce com suavidade sobre a cidade apagada, trazendo luz quando toca as superfícies: os postes ganham vida, assim como as pequenas lâmpadas alusivas ao evento literário, que estão espalhadas pelas vitrines de lojas, árvores e portões das casas ao longo do trajeto. Uma onda vai crescendo em Vale Real e até mesmo os faróis dos carros estacionados nas ruas começam a brilhar.

As crianças veem, com alívio, o pó atingir os morcegos, fazendo-os soltar faíscas e desaparecer em pleno ar, deixando apenas uma fumaça negra. Quanto mais avançam, mais luz se cria, e mais fortes e alegres elas se sentem.

O interior das casas se acende, arrancando a população da noite de pesadelos. Contudo, apesar de acordarem, as pessoas não retornam totalmente ao estado de consciência – elas despertam e logo entram em sonhos prazerosos, abandonando completamente o medo causado pela escuridão de Kafta e o vampirismo dos morcegos.

Enquanto isso, no Mundo dos Sonhos, a chuva e os trovões cessam. O sol nasce esplendoroso, secando os gramados, e o canto dos pássaros começa a ser ouvido. Os animais saem de tocas e outros esconderijos improvisados em que se enfiaram para fugir do temporal e correm alegres.

Em frente ao portal, Kafta grita:

– NÃOOOOOOOOOOO!!!

Sua varinha se apaga e, quando o primeiro raio de sol atravessa o portal iluminando a caverna, o Monstro Felino emite um rosnado atroz e corre de volta para o

Mundo dos Sonhos. As cordas de luz verde que prendiam Bisa Lela, Dona Petúnia e Seu Teco começam a afrouxar e desaparecem. Kafta pula para dentro do portal e diz:

– Malditos, vocês não perdem por esperar! Os pesadelos voltarão e eu estarei mais forte do que nunca! – e foge com a varinha na mão, desaparecendo de vista no dia ensolarado.

Bisa Lela caminha até o portal e observa o Mundo dos Sonhos, com os olhos apertados, até que diz:

– Ah, ali estão. Nossas varinhas caíram bem embaixo daquela árvore. Você poderia fazer a gentileza de buscá-las, Teco?

Seu Teco passa pelo portal e, mesmo um pouco ferido, corre, abocanhando a varinha de Bisa Lela e a caneta-varinha de Dona Petúnia, que comenta:

– Aquela malvada fedida se deu mal. Derrubou nossas varinhas naquela fuga frenética. Esse sol maravilhoso deve ter fritado os miolos de alho dela. Muito bem!

Quando os membros do Clube de Leitura Rabo de Tatu terminam de espalhar a nuvem de energia e a luz da cidade é totalmente restituída, Waldo dirige-se novamente à Biblioteca Central. Matilda e o Pégaso os encontram em pleno ar, e as crianças gritam umas para as outras:

– Uhuuuu! Nós conseguimos!

– Você viu aqueles vampirinhos virando pó?

– A luz voltou! Hahaha!

Quando se aproximam da Biblioteca Central, avistam, em frente ao prédio, Bisa Lela e Dona Petúnia – que está com Fiba em um ombro. Elas abanam alegres, e o lobo está ao seu lado.

– Muito bem, meus caros! Vocês conseguiram! – grita Dona Petúnia.

O trem e o cavalo pousam e as crianças correm para abraçar as duas fadas e comemoram a vitória. Num passe de mágica, elas pegam as varinhas e restauram os vidros quebrados das janelas da Biblioteca Central. O Pégaso retorna ao Mundo dos Sonhos, e Seu Teco e Fiba voltam para a floresta. As crianças e as guardiãs sobem em Waldo, que leva todos para casa.

Bom dia, Matilda!

Na manhã seguinte, Matilda acorda com o estômago roncando antes do toque do despertador. Senta-se na cama e observa com um sorriso seu amigo Secreto, que havia passado a noite aberto na escrivaninha.

– Bom dia, Secreto – ela fala enquanto se levanta.

À medida que se aproxima, percebe que ele está escrevendo:

"Bom dia, Matilda! Dormiu bem? Eu passei a noite aqui refletindo sobre o grande feito de ontem e estou louco por mais aventuras com o seu clube de leitura."

Ela senta no chão com o livro no colo e responde:

– Demorei para relaxar depois de tantas peripécias, mas depois de pegar no sono, consegui descansar. Nossa, ainda não acredito nas coisas que vivi ontem! E o mais incrível foi voar! NÓS VOAMOS, SECRETO! Hahahahaha! Voamos em um cavalo alado!

"Eu também amei a experiência do voo!"

– Logo que acordei, por alguns segundos tive receio de que tudo tivesse sido um sonho... mas assim que te vi, tive certeza de que desta vez a aventura foi real! Salvamos nossa cidade dos pesadelos e do mal daquela bruxa!

"Vocês foram muito corajosos, Matilda: enfrentaram a escuridão, o medo e o desconhecido. Encontraram a bravura que mora dentro de vocês, por isso conseguiram produzir tanta luz e força. Kafta não esperava por isso. Parabéns!"

– Obrigada, Secreto! E obrigada também por ter nos mostrado o caminho. Ah, agora lembrei do meu sonho!

"Conta para mim, por favor!"

– Estávamos todos sentados embaixo da árvore de Devir na casa da Dona Petúnia nos deliciando com os frutos. Havia um sol maravilhoso – ela olha pela janela – tipo esse que está nascendo aí fora, mas, no sonho, ele já estava pleno no céu. Meus amigos do clube se divertiam comendo sua comida favorita espalhados pela grama, no calor do sol, escolhendo o próximo livro eleito. Você estava junto e votou nas Crônicas de Nárnia!

"Ah, você já sabe que eu adoro C. S. Lewis."

– É uma pena que não posso realizar esse sonho agora.

"Por que não? Vocês certamente encontram os livros na biblioteca da escola e na feira do livro, ué."

– Hahahaha, não é pelos livros, Secreto. É pelo Devir.

A menina diz isso enquanto se dirige ao banheiro. Lava o rosto, escova os dentes e coloca o uniforme, sentindo a fome aumentar. Pensa na emoção de encontrar os amigos após a noite que passou e se apressa. Ouve a mãe chamá-la e responde que já vai descer. Está na porta quando se lembra de Secreto aberto na estante e corre para pegá-lo.

"Ah, você me deixou aqui
falando sozinho!"

– Desculpa, eu fui me vestir para a escola. Vamos?
Contudo, antes que ela feche o livro, ele escreve:

"CALMA, MENINA! Você precisa saber de
uma coisa muito importante: seu sonho
pode ser realizado hoje mesmo!"

– Como assim?

"O portal continua aberto.
Ainda estamos
no quinto dia. Vão logo se lambuzar
de Devir e me levem junto!"

– Ah, meu querido amigo! Obrigada por me lembrar disso – ela abraça o livro, que fica quentinho, beija sua página e o coloca na mochila.

Matilda desce as escadas cantarolando, senta-se à mesa e devora as panquecas que a mãe fez para o café da manhã.

Um piquenique e muitos planos

Na escola, a Diretora Dina passa nas salas de aula espalhando a notícia do retorno do Evento Literário e de suas programações ao longo do dia e da noite, deixando as crianças eufóricas.

No recreio, Matilda conversa com Dona Petúnia sobre a ideia do piquenique e ela concorda com alegria. A menina, então, passa bilhetinhos e convida os amigos para irem à casa no alto da colina após a aula.

Sentados sob a árvore, curtindo o calor do sol, os membros do Clube de Leitura Rabo de Tatu saboreiam os frutos lilases na companhia de Bisa Lela, Dona Petúnia e Jiló. Pinóquio está muito empolgado:

– Esta noite vamos vencer o torneio de contos! Estou com a história do Romeu entalada na garganta! Não vai ter estouro fajuto nem falta de luz que nos impeçam de ganhar esse concurso!

Romeu, que está deitado no gramado ao lado de Jiló, com as mãos cruzadas atrás da cabeça, sorri.

– Depois do sucesso que tivemos ontem, nada mais segura o Evento Literário! – comemora Maria, e dá uma mordida no Devir.

Savana diz:

– O trabalho que as senhoras fizeram recuperando as janelas quebradas da biblioteca ficou ótimo, bisa. Ninguém vai imaginar tudo o que aconteceu lá!

Ela responde:

– Sim, querida. Nossas varinhas estavam realmente poderosas ontem à noite.

– Por falar em varinha, lembrei que o autor da série Marvin Grinn fará uma sessão de autógrafos agora à tarde na praça! Vou levar os meus livros! – vibra Tufo.

Dona Petúnia havia preparado vários tipos de chás e os distribuíra em térmicas. Eles tomam a bebida fumegante e comem os frutos enquanto se lembram orgulhosos de como venceram a escuridão e impediram as criaturas do mal de dominarem a cidade.

Matilda se afasta um pouco – o chá quente bebido ao sol a deixara com calor, e ela tira o casaco pesado enquanto caminha. Senta-se na grama, mas logo ouve passos se aproximando e vira a cabeça.

– Bisa!

– Posso me sentar com você?

– Claro!

– Como está se sentindo?

– Estou feliz. Ainda espantada com a potência da nossa união – ela lança um olhar para os amigos, que se divertem naquele piquenique. – Eles estão se sentindo poderosos. Nós vencemos o mal, Bisa! Nós, crianças! Como isso é possível? – ela dá uma risada e prossegue: – ainda não acredito que isso não foi um sonho.

– Ah, minha querida. As crianças têm mais facilidade para fazer o bem do que os adultos.

Matilda inspira fundo, sentindo o aroma dos eucaliptos.

– Temos mais força do que imaginamos, não é mesmo, Bisa?

– Isso só acontece porque limitamos nossa imaginação. No fundo, nós sabemos exatamente o tamanho da nossa força. Vocês acreditaram no poder que possuem e entraram em ação. Simples assim.

Elas ficam em silêncio e Bisa Lela observa Matilda por alguns segundos. Por fim, diz:

– Eu vejo que algo mudou em você. Tem mais coisa aí dentro – ela coloca a mão delicada no coração da menina: – O que é?

– Todos esses acontecimentos me deixaram cheia de ideias... quero escrever histórias, Bisa, mas não tenho a capacidade do Romeu.

– Ah, vocês se mediram, foi? Então existe um "capacitômetro" por aí? Onde eu o encontro?

Matilda ri e Bisa Lela continua:

– O primeiro caminho para conseguir o que se quer é ter humildade para começar. Faça um pouco todos os dias; um passinho de cada vez. Veja o exemplo do seu clube, das pessoas que você uniu. Tenho certeza de que não imaginava aonde chegariam.

A bisa olha para Secreto fechado na grama ao lado da menina e prossegue:

– Aposto que você não sabia que poderia ter um amigo tão especial.

Um sorriso passa da bisa para Matilda, que abre o livro e diz:

– Essa foi a melhor parte!

Nesse momento, um pensamento cruza a mente de Matilda pela primeira vez, causando-lhe um frio no estômago. Ela se contrai, abraçando o livro.

– O que vai acontecer com Secreto quando o portal se fechar, Bisa?

– Ele vai ficar hibernando até que o portal se abra novamente – responde a Bisa.

– Hibernando? Então eu vou ter que esperar sete meses para falar com meu amigo outra vez? – ela questiona, com a voz embargada.

A resposta vem no peito de Matilda. Secreto não escreve nada, mas suas páginas molham a roupa da menina.

– Ora, não precisa chorar, Secreto! – diz a Bisa. Sete meses passam rápido, você sabe. E vocês têm mais dois dias juntos antes do fechamento do portal.

Matilda desiste de segurar o pranto e fica ali, abraçada ao livro, chorando até soluçar. Bisa Lela passa o braço em seus ombros e Jiló aparece, sentando-se ao lado da menina.

– Posso pelo menos ficar com ele na minha casa? Não quero deixá-lo sozinho no fundo daquele baú – ela pede, assoando o nariz.

"Por favor, Lela!"

Bisa Lela sorri e responde:

– Claro que sim! Não imagino outra pessoa no mundo que vá ter tanto cuidado com você! Ah, e aposto que, quando acordar, estará diante de uma pequena grande escritora – ela pisca para Matilda.

"Como assim?"

– Eu queria escrever histórias, Secreto.

– Você vai escrevê-las, Matilda – diz a Bisa. – Lembre-se do que eu falei: não limite a imaginação e você saberá o tamanho da sua força. Vou lhe dar uma sugestão: comece escrevendo sobre nossa aventura, um pouquinho de cada vez. Pense em uma grande casa e vá colocando um tijolo por dia na sua construção.

**"Ótima ideia! Essa proeza
precisa ser contada!"**

A Bisa prossegue:

– Não existe melhor professor de escrita do que um livro, Matilda. Converse bastante com seu amigo antes que o portal se feche.

Ela fica ali, sentada, agarrada a Secreto, refletindo sobre aquelas palavras, enquanto olha para Bel, Savana,

Tufo, Leona, Maria, Boy, Pinóquio, Romeu e Malu. Eles estão rindo, brincando, comendo – estão felizes. Quando pensa na grandeza do que conseguiram fazer juntos e que foi a responsável pela união dessa turma, sente uma enorme alegria invadir seu peito. E, então, dar início a uma atividade desafiadora como escrever histórias já não parece mais ser tão difícil.

Basta dar um passinho de cada vez.

Como se lesse os pensamentos da menina, a bisa diz:

– São as pequenas coisas, Matilda. Nada é maior do que isso.

Matilda e Bisa Lela se unem aos demais e todos ajudam Dona Petúnia a guardar as térmicas de chá e as toalhas do piquenique. As crianças se despedem das guardiãs e da capivara com um "até logo" e descem o morro felizes, preparadas para mais uma grande aventura: o Evento Literário Anual, que os aguarda com suas bancas repletas de histórias a serem lidas, contadas, recontadas... e vividas.

Fim

vitrola®
Editora

vitrolaeditora

VITROLA EDITORA E DISTRIBUIDORA LTDA.
Rua das Camélias, 321 – Aparecida
CEP: 98400-000 – Frederico Westphalen – RS
Tel.: (55) 3744-6878 – www.vitrola.com.br
editora@vitrola.com.br